W0465460

Ciencia Ficción

Bruño

Director de Ediciones y Producción
J. Ramírez del Hoyo

Jefe de Producción
J. Valdepeñas Hernández

Coordinadora de Producción
M. Morales Milla

Directora de la Colección
Trini Marull

Diseño gráfico
Tau Diseño, S. A.

El Océano Galáctico

José Luis Velasco

Finalista del Premio Alfaguara de Novela
Premio Woody de Relatos Fantásticos
Premio Gran Angular

Ilustración

Nino Velasco

Taller de lectura

Rosa M.ª Sáez Vacas

Primera edición: febrero 1990
Segunda edición: enero 1991
Tercera edición: noviembre 1992
Cuarta edición: octubre 1993
Quinta edición: junio 1994
Sexta edición: septiembre 1995
Séptima edición: septiembre 1996
Octava edición: octubre 1997
Novena edición: mayo 1998
Décima edición: julio 1999
Undécima edición: mayo 2000

ISBN: 84-216-1110-0
D. legal: M.-15.991-2000
Impresión: Gráficas Rógar, S. A.

Printed in Spain

haz tu propio fichero

José Luis Velasco

- Nacido en Valencia, pasó su infancia en Ciudad Real y su juventud en Barcelona.
- Publicó más de cuarenta libros tanto para lectores infantiles y juveniles como para adultos.
- Para esta misma Colección escribió, bajo el seudónimo de Samuel Bolín y en colaboración con Carmen Morales, dos libros de misterio: *Los casos del Comisario Antonino* y *Nuevos casos del Comisario Antonino.* En la Colección Paralelo Cero publicó su novela *Atrapado en la oscuridad.*
- Fue finalista del Premio Alfaguara de Novela y Premio Gran Angular de Literatura Juvenil.
- Falleció en 1998.

altamar

para ti...

La directora de esta Colección me invitó un día a escribir algún relato de ciencia ficción para ALTAMAR.

Me puse manos a la obra. Era la primera vez que abordaba este género y lo cierto es que me costó bastante encontrar una buena idea. Luego, me divertí mucho a la hora de trabajar. Aquí tienes el resultado.

Espero que la lectura de El Océano Galáctico, *además de hacerte pasar un buen rato, te incite a leer a los grandes clásicos de la especialidad: desde Julio Verne y Wells hasta Arthur C. Clarke.*

Confío en que sea así. Un abrazo y hasta otra.

Velasco

1

Un encuentro inesperado

ABEL se despertó a las siete de la mañana. Las 7,00 en un reloj que marcaba permanentemente la hora terrestre. Saltó de su cama, situada en un módulo cubierto por una concha transparente. En él se mantenían las temperaturas más adecuadas para el sueño y otras sensaciones relajantes que permitían dormir plácidamente. Pero, a pesar de todo, se despertó antes que otras veces. Su perro Pilón, apenas le vio en pie, se sentó sobre las patas traseras y esperó a ver lo que hacía su pequeño amo. Abel había cumplido los diez años y era un chico pelirrojo, con el pelo rizado formando como un monte escarpado sobre su redondo cráneo. Tenía los ojos grises y muchas pecas. Su cara de travieso y de bueno al mismo tiempo le proporcionaba una expresión completamente simpática. Pilón era un perro de lo más gracioso: se trataba de un *bull terrier* blanco, ese chucho que parece un dibujo humorístico. Era hijo de Tila y de Coco, la pareja de la misma raza que se llevaron a la expedición hacía ya trece años. Pilón había nacido en la nave…

Lo mismo que Abel.

El chico se acercó al compartimento de al lado y miró a través del cristal de la puerta. Sus padres aún dormían. Luego se asomó a la cámara de descanso del comandante Yurukov: también dormía. Bueno, todo el mundo dormía en la nave. Bien, haría por su cuenta los ejercicios físicos de todos los días; se los sabía de memoria.

Al lado de su cama, en el suelo, vio el viejo libro de Geografía que su padre se llevó a la expedición y que él había cogido al acostarse para mirarlo. Estaba abierto y, al recogerlo, se quedó observando el holograma donde se veía el planeta Tierra, con sus océanos azules, sus grupos de nubes y los continentes de color marrón. Pasó la página. Había otros hologramas de paisajes terrestres con plantas, árboles y bosques... El espacio era azul en la Tierra. Se dirigían hacia aquel planeta, del que sus padres hablaban continuamente, a fin de quedarse en él para siempre... Abel nunca había visto un árbol, ni aquel cielo azul, ni las grandes masas de agua que sus padres llamaban «el mar». Él había nacido en la nave, el gran vehículo donde viajaba de regreso a la Tierra tras un larguísimo viaje a Klea, una luna de Saturno. Sus padres habían realizado allí un trabajo científico para el Gobierno de Europa.

—Seremos ricos y felices para siempre —le decía a veces, en broma, su padre, el ingeniero español Saúl Hernández.

—¿Por qué?

Solía contestar su madre, Catherine. Era francesa y todos la llamaban Caty.

—Porque el Gobierno europeo nos pagará mucho dinero al haber sido seleccionados entre todos los científicos de Europa para realizar este peligroso viaje que, en total, va a durar quince años.

—Sí —continuaba el padre—, al regresar a la Tierra nos darán vacaciones para siempre. Compraremos una casita en los alrededores de Toledo y mamá y yo nos dedicaremos a escribir.

Abel sabía algunas cosas de aquel viaje: el trayecto de ida a Klea, la luna de Saturno, había durado seis años a bordo de la nave *Stella Matutina*, que alcanzaba una velocidad de 22.000 kilómetros a la hora. Los trabajos de investigación en Klea se habían prolongado durante tres años. Más seis años de regreso, hacían quince para el total de la expedición. Él había nacido en la *Stella Matutina* durante el quinto año del viaje de ida.

Abel nunca bajó a Klea. Siempre permaneció junto a Yurukov en la nave, que sobrevoló el satélite de Saturno mientras Saúl y Caty trabajaban en él. Todas las semanas, sus padres subían a verle.

Y, a pesar de todo, Abel nunca se había aburrido en el vehículo espacial. Los ejercicios físicos de cada día, las clases, sus juegos y, sobre todo, las emocionantes expediciones por los más apartados rincones de la nave, le tuvieron continuamente entretenido. La *Stella Matutina*, sin ser muy grande, siempre tenía lugares nuevos por descubrir. Y a estas expediciones iba con Pilón —desde que nació— y con Gato, el pequeño robot acompañante de chicos entre los ocho y los doce años. Abel pensaba que, cuando cumpliese los trece, no querría separarse de él. Gato se sabía cientos de miles de acertijos, enigmas e historias fascinantes, así como interminables propuestas de juegos y excursiones por la nave. Por ejemplo, Gato decía:

—¿Qué te parece si hoy vamos al sector B-52 de refrigeración?

Y él mismo se ponía al frente de la expedición, dirigiéndola por los más sugestivos y emocionantes itinerarios. A veces, Gato dejaba que Abel y Pilón se perdiesen por laberintos de pasillos llenos de tubos y aparatos para darle más emoción al paseo. Luego aparecía en el momento más oportuno. Otras veces, Gato, en las horas de calma, proponía los más curiosos problemas y los más graciosos enigmas. Como, por ejemplo:

—Escucha esto, Abel:

A un cerezo me subí
y cerezas encontré.
Yo cerezas no cogí
y cerezas no dejé.

¿Sabrías decirme cuántas cerezas había en el árbol antes de subirme a él? No hay ningún truco. Con lo que te he dicho, puedes saber el número exacto.

—A ver, repítelo —decía casi siempre Abel.

Nunca pudo dar con la solución de este problema, hasta que se la dijo el propio Gato.

—Había dos cerezas. Mira, encontré cerezas, en plural; luego había más de una. No cogí cerezas y no dejé cerezas, en plural también. Luego cogí una cereza y dejé una cereza. Por lo tanto, en el árbol había dos cerezas...

Gato tenía forma de cubo; es decir, era como un dado de 50 centímetros de lado, con muchos botones y lucecitas que parpadeaban continuamente. Avanzaba a unos milímetros del suelo, sin tocarlo.

Para hacer los ejercicios físicos Abel no se llevaba a Gato, pero sí a Pilón. Se fue hacia el corredor Este, como le llamaban sus padres, con el propósito de hacer un poco de *footing,* como todos los días. El corredor del Este tenía grandes ventanales que permitían ver el maravilloso paisaje espacial desde ellos. Cada día, al despertarse, el panorama había cambiado, tal era la velocidad de la nave. Abel no tenía muchas ganas de correr y se asomó al ventanal. Lo mismo hizo Pilón, apoyando sus patas delanteras sobre la superficie transparente de las vidrieras. Era magnífico. El sol lucía por detrás de Marte y el espacio oscuro se tintaba de tonos brillantes y extraños. La *Stella Matutina* se hallaba en aquel momento entre el inmenso planeta Júpiter y Marte, a 500 millones de kilómetros de la Tierra y a unos dos años de viaje... Pero a Abel eso no le impresionaba lo más mínimo. Había nacido en medio de aquellas colosales distancias y le parecía lo más natural del mundo.

—Bueno, Pilón, ¿empezamos a correr?

Pilón lanzó un ladrido de asentimiento y Abel dio las primeras zancadas de su carrera. Pero se detuvo enseguida. El conocido y cómico pitido de Gato se aproximaba por un pasillo lateral que daba al corredor del Este. Poco después, Abel le vio aparecer por la esquina avanzando a toda prisa. Se aproximó a él.

—¿Qué pasa, Gato?

El pequeño robot cúbico contestó con la voz un poco agitada:

—Caty te llama. Debes ir a la sala W inmediatamente.

—Pero, ¿qué ocurre?

—Gato no lo sabe. Pero Caty seguro que está algo asustada.

Y, dicho esto, Gato rotó sobre sí mismo y se dirigió hacia el recodo por donde había aparecido. Abel y Pilón le siguieron.

Cuando llegaron a la sala W, Caty y Saúl, los padres de Abel, se hallaban inclinados sobre la pantalla de visualización remota, junto al comandante Yurukov. En cuanto Abel apareció, Caty se separó de la pantalla y se dirigió hacia él. Le dio un beso y le hizo una caricia en su alborotado pelo rojizo.

—Buenos días, Abel —dijo Caty—. Bájate a la cámara de seguridad, la amarilla... Enseguida iré yo contigo.

Siempre que le ordenaban bajar a la cámara de seguridad amarilla era porque algo raro ocurría.

—¿Qué pasa, mamá?

—Nada importante... Hemos detectado en la pantalla algo imprevisto.

—Pero, ¿qué? —insistió Abel.

—Es que no lo sabemos con seguridad... Un cuerpo esférico, tal vez un asteroide... Anda, llévate a Pilón y a Gato. Enseguida bajo yo.

Cuando Abel desapareció, Caty volvió junto a su marido y el comandante Yurukov. Formaban un grupo muy agradable. Caty tenía treinta y tres años y era alta, rubia y muy guapa, con el pelo recogido en lo alto de la cabeza. Saúl, su marido, tenía la misma edad y era un calco de Abel, sólo que con veintitrés años más. También era muy alto. En cuanto al comandante Yurukov, se trataba de un enorme señor con barba y un voluminoso vientre. Era ruso, de San Petersburgo, la ciudad que en otros tiempos se había llamado Leningrado, y antes, en épocas muy remotas, Petrogrado.

Los tres observaban la pantalla de visualización, que hacía parpadear continuamente una luz roja.

—Sin duda alguna se acerca hacia nosotros... —dijo Caty.

—Y a una velocidad de 10.000 kilómetros a la hora...

—Extraño, realmente extraño... —añadió Yurukov.

—Vamos a la computadora central. Es preciso saber qué clase de objeto es ése —indicó Saúl, a la vez que se apartaba de la pantalla.

La computadora central ocupaba toda una habitación circular cuyas paredes estaban completamente cubiertas por paneles rectangulares donde se veían parpadear pilotos rojos, azules y amarillos. La tonalidad de la luz era allí dorada y se podía escuchar el suave rumor del sofisticado aparato, que continuamente recogía y elaboraba cientos de miles de datos para ser utilizados por los tripulantes.

En el centro de la sala había doce pantallas con un complicado repertorio de botones. Saúl se sentó ante ellos y comenzó a teclear en los mismos. En las pantallas comenzaron a aparecer toda una serie de datos, gráficos y esquemas geométricos muy complejos.

—¿Forma? —preguntó Caty.

—Esférica.

—¿Diámetro?

—Mil kilómetros.

—¿Densidad?

—Uno.

—¿Uno? —repitió extrañada Caty.

—Así es...

—¿Composición básica?

En esta ocasión, Saúl no respondió. Lanzó una exclamación de incredulidad.

—¿Eh? ¿Será posible?

—¿Qué ocurre? —preguntó el comandante Yurukov.

—La composición básica es... H_2O.

—¿Agua? —dijo Caty, mientras se abalanzaba sobre las pantallas para comprobarlo por ella misma.

Saúl la miró con cara de preocupación y de extrañeza. Luego dijo:

—Es increíble, pero se aproxima hacia nosotros una esfera de agua; eso es, de agua, con un tamaño algo menor que nuestra Luna y a una velocidad de diez kilómetros a la hora...

—Un océano galáctico que viaja por el espacio... —musitó Yurukov.

—Debe haber algún error... —indicó Caty.

Saúl volvió a accionar el teclado. Luego miró a los ojos de sus compañeros.

—No, no hay error... La esfera de agua se precipita recta hacia nosotros... Se encuentra a unos quince mil kilómetros de distancia. Es decir, a una hora y media de colisionar con la *Stella Matutina*...

Intervino Yurukov.

—Bien, voy a la sala de mandos. Apartaré nuestra nave de su camino.

—Yo bajo con Abel —dijo Caty.

Cuando Caty llegó a la sala amarilla de seguridad, Abel estaba enfrascado en un cómic-vídeo que sostenía en su mano derecha.

—Ven conmigo, Abel... —indicó Caty—. Vamos a los miradores del Oeste. Te voy a mostrar un espectáculo maravilloso...

Abel se levantó de un salto, mientras preguntaba:

—¿Qué ocurre?

—Vamos a pasar frente a un planeta de agua.

Gato, al oír aquello, se escabulló rápidamente debajo de un sillón.

—¡Ja, ja! —rió Caty—. No te asustes, Gato... Sí, es raro, pero no pasa nada... Se tra...

Caty no pudo terminar la frase. Una luz roja había comenzado a parpadear en lo alto de la sala, a la vez que se escuchaba en toda la nave el intermitente aullido de la alarma en segundo grado. El rostro de Caty cambió de expresión enseguida. Se dirigió rápidamente hacia una mancha rectangular de tono azulado que destacaba en una pared. Acercó su cara a ella y preguntó:

—¿Qué ocurre, Yurukov?

Se escuchó la voz del comandante.

—El mando de dirección automática no funciona.

—Utiliza el manual...

—Lo estoy intentando.

Caty pasó su mano sobre otra mancha rectangular de color rosa y, simultáneamente, comenzó a descorrerse en silencio la plancha que cubría el ventanal circular a través del que se podía ver el espacio.

—¡Qué bonito! —exclamó Abel.

Pilón ladró apoyándose en el vidrio y Gato apenas si sacó un poco su cuerpo desde debajo del sillón para esconderse enseguida apenas vio lo que tenía delante.

Ante ellos, una inmensa esfera azul verdosa, donde

el sol sacaba reflejos cegadores, ocupaba gran parte del horizonte.

—¿Qué es, mamá? —preguntó Abel.

Pero Caty no contestó. Un ligero estremecimiento había sacudido la nave, al mismo tiempo que Saúl aparecía en la cámara de seguridad amarilla con expresión preocupada.

Caty le miró a los ojos. Saúl se aproximó a ella y le habló al oído para no alarmar a Abel.

—Hemos sido atrapados por el campo gravitatorio de esa masa de agua...

2

El monstruo marino

MINUTOS después, Caty y Saúl penetraban en el módulo desde el que se gobernaba la *Stella Matutina*. Habían dejado a Abel en la cámara amarilla, junto a su perro y Gato. También estaban allí los viejos Tila y Coco, que eran los padres de Pilón. Todos se habían puesto a mirar la esfera líquida a través del gran mirador, menos Gato, que aún permanecía escondido bajo el sillón.

Cuando Caty y Saúl accedieron al módulo de gobierno, Yurukov sudaba frente a los mandos manuales de la nave, que parecían no responderle. Permanecía en continuo contacto con sus cuatro tripulantes: el irlandés O'Hara, el francés Terrier, el alemán Löwinger y Andreas, un chico griego muy moreno, con el pelo rizado.

—¡Este cacharro ha dejado de obedecerme! —exclamó Yurukov completamente rojo—. Creo que todos los sistemas de la nave se han alterado por la proximidad de esa maldita masa de agua. No puedo generar la velocidad de escape precisa para vencer su gravedad...

—¿Entonces? —preguntaron a la vez Caty y Saúl.

Yurukov respondió con el gesto sombrío:

—Sólo hay una posibilidad: intentar un amerizaje suave sobre las aguas del océano flotante.

Saúl intervino.

—¿No sería más fácil hacerlo con las naves pequeñas de expedición?

—Sí, sería más fácil... Pero en la *Stella Matutina* podremos aguantar sobre las aguas durante semanas, tal vez meses... Quizás el tiempo suficiente para que nos recoja alguna nave terrestre...

Caty y Saúl se miraron con expresión alarmada.

—¿No hay otra solución? —preguntó Caty.

—Yo no veo otra... —respondió Yurukov, con voz ronca.

—Entonces vuelvo a la cámara amarilla.

Abel y Pilón tenían sus narices pegadas a la superficie transparente de la vidriera cuando llegó Caty. El espectáculo de la esfera flotante de agua parecía una fantasía de la imaginación. Cada vez se veía más próxima, de un azul-verde transparente con franjas de tonos violáceos y rojizos.

—¿Qué tal? —dijo Caty, colocándose detrás de Abel.

—Mamá, ¿por qué nos acercamos al planeta de agua?

Caty intentó que el tono de su voz fuese tranquilo, e incluso divertido:

—Vamos a amerizar en esa inmensa bola de agua... ¿No decías que tenías ganas de ver el mar?

—¡Claro!

—Pues vamos a bajar ahí...

A la vez que decía esto, Caty pasó un brazo por el cuello de Abel y le apretó contra su cuerpo.

—¿Estás preocupada, mamá?

—No...

—Siempre que pones la cara que tienes ahora y me abrazas es porque estás preocupada.

Caty se separó de Abel y colocó sus dos manos sobre los hombros del muchacho. Le miró fijamente a los ojos.

—Sí, es verdad; estoy preocupada... Vamos a bajar a esa esfera de agua... No estaba previsto... Resultará algo peligroso, pero todo saldrá bien... Luego, es posible que tengamos que estar ahí durante varios días... O semanas...

—Muy bien... —dijo Abel, con entereza—. ¡Eso va a ser divertido! Yo no tengo ningún miedo. Así que tú no estés preocupada...

—¡Eres estupendo! —exclamó Caty, mientras le volvía a abrazar—. Ya que eres tan valiente, vente conmigo a la computadora central. Nos reuniremos con papá.

A Abel casi nunca le dejaban pasar allí y era precisamente el lugar que más le fascinaba de toda la nave. La cámara de la computadora tenía una temperatura distinta a la del resto del vehículo. Al penetrar en ella, se sentía un raro frescor. Había en el recinto un misterioso silencio sólo alterado por el recóndito zumbido, apenas audible, que producían sus mecanismos. La luz era también extraña: dorada y, a la vez, un poco verdosa. Parecía que se estuviera en un lugar sagrado.

Su padre estaba con la cabeza metida en las pantallas de datos, mientras tecleaba continuamente en el panel de los botones. Levantó la cabeza para mirar a Caty:

—Una capa atmosférica de unos quinientos metros de espesor cubre toda la esfera... Atmósfera como la terrestre, algo más rica en oxígeno... Esto es de verdad extraño...

—¿Y qué más? —interrogó Caty.

—El núcleo... La gran bola de agua tiene un núcleo metálico en su centro... La computadora no puede decir de qué metal se trata... Sólo que es ligero y mide cinco kilómetros de diámetro.

—¡Es extraordinario!

—Sí, y más aún que esa esfera de agua está poblada...

—¿Por quién? —preguntaron Caty y Abel a un tiempo.

—¡Por peces...!

El rostro de Caty no pudo expresar mayor asombro, mientras que Abel exclamó precipitadamente:

—¡Peces! Los animales que viven en los mares de la Tierra...

—Eso es —contestó el padre, enfrascado en las pantallas.

—Entonces —siguió Abel—, podremos... Podremos... parcar... No, no es «parcar»... ¿Cómo se llama eso que decís que se hace en la Tierra para cazar peces?

—Pescar.

—¡Eso, pescar!

—Es posible... —dijo el padre, que continuaba absorto en las pantallas—. Pero hay algo aún más extraño...

Caty le interrogó con la mirada.

—¿Cómo es posible que nuestra esfera de agua permanezca líquida? A causa de las bajísimas temperaturas espaciales, debería ser un bloque de hielo... A menos que ruede por el espacio desde hace poco tiempo o que el núcleo metálico que hay en su centro genere el calor suficiente para mantenerla en estado líquido...

En aquel momento, un ronco zumbido intermitente interrumpió las explicaciones de Saúl. Después se oyeron unas palabras en latín, el idioma común europeo en el año 2200.

FALTAN TREINTA MINUTOS PARA EL AMERIZAJE... FALTAN TREINTA MINUTOS PARA EL AMERIZAJE... ABANDONEN LA COMPUTADORA CENTRAL...

A partir de aquella información, la actividad de la nave fue trepidante. Caty, Saúl y Abel salieron de la computadora que, poco después, operaba en sí misma rápidas transformaciones de autoprotección. Una serie de planchas metálicas inalterables recubrieron todos los aparatos y el recinto mismo, convirtiéndose aquella cámara en una especie de indestructible caja negra herméticamente cerrada. En el caso de que la nave sufriese una catástrofe, la computadora quedaría libre en el espacio, lanzando sin cesar información a la Tierra y llamadas de auxilio al cosmos, durante cinco siglos...

Toda la tripulación, compuesta por diez personas en total, se refugió en las cámaras de seguridad tras dejar preparada la nave para el posible impacto. El comandante Yurukov planeó en los mandos automáticos un amerizaje suave para el instante de tomar contacto con el agua. Después se encerró en la cámara amarilla de seguridad, junto a Caty, Saúl, Abel, los perros y Gato. El resto de la tripulación ocupó la cámara azul.

Nuestros amigos se agruparon expectantes junto al gran ventanal. Ante ellos la inmensa esfera de agua se recortaba sobre el espacio negro como se puede ver la Tierra desde unos veinte mil metros de altura. Es decir, mirando hacia abajo, sólo se contemplaba agua. Al frente, el horizonte curvo de la esfera y el cielo oscuro.

—Esperemos que todo funcione —dijo Yurukov.

—¡Claro que funcionará! —exclamó Abel, con el mayor optimismo.

Luego, miró a su alrededor.

—¿Dónde está Gato?

—Aún está debajo del sillón —dijo Caty, riendo.

Abel se acercó al lugar donde estaba escondido Gato, lo cogió entre sus brazos y se lo llevó ante un ventanal.

—¡No seas miedoso! ¡Mira qué bonito!

El pequeño robot se removió desesperadamente entre los brazos de Abel, a la vez que lanzaba un raro concierto de pitidos, ruiditos nerviosos y bufidos, como un gato asustado que no quiere que le acerquen a algo que le da miedo.

—Déjale. No seas cruel... —le reprochó Caty.

Y, a la vez que lo depositaba en el suelo y el robot corría rapidísimo a esconderse debajo de su sillón, Yurukov, pálido como la cera, musitó:

—No funciona... No funciona...

—¿Qué ocurre? —preguntó Saúl, presa de un gran nerviosismo.

—¡Calla! —ordenó Yurukov, bruscamente, mientras parecía concentrar toda su atención en el oído.

El veterano piloto de naves interplanetarias, el más condecorado por el Gobierno europeo, estaba intentando captar los más leves sonidos del reactor de la nave, los más mínimos cambios en los amortiguados ruidos que se escuchaban desde la cámara amarilla. Sólo con eso ya sabía cómo marchaban las cosas. Su rostro se ensombreció.

—El impacto será fuerte, muy fuerte... Los retropropulsores actúan defectuosamente... El amerizaje suave sólo se producirá parcialmente...

DIEZ SEGUNDOS PARA AMERIZAJE... —se oyó la voz de la computadora central —NUEVE, OCHO...

—¡Tiraos al suelo! —gritó Saúl.

Caty se abrazó a Abel y se tumbó sobre el blando suelo de la cámara. Saúl se reunió con ellos y abrazó a ambos. Los perros se acurrucaron también a su lado y Yurukov los protegió a todos con su gigantesco cuerpo.

... TRES, DOS, UNO... AMERIZAJE...

Se escuchó un espantoso crujido de toda la nave, como si el impacto la hubiese partido en mil pedazos, mientras los cuatro terrestres salieron disparados contra las paredes elásticas de la cámara de seguridad. Rebotaron con el suelo y con las paredes; rodaron de un lado a otro y, cuando volvió la calma, cada uno estaba en un extremo de la habitación. Los perros aullaban lastimeramente y los pitidos de Gato resultaban ensordecedores... El silencio era absoluto y la nave parecía balancearse suavemente... Todos, algo aturdidos, se precipitaron hacia el mirador.

—¡Nos hundimos en el agua! —gritó Yurukov.

El espectáculo que tenían ante ellos era, a la vez que angustioso, de espléndida belleza. Se sumergían suavemente en un océano transparente aún iluminado por los rayos del sol.

—¡Mira, mamá! —exclamó Abel.

Un inmenso banco de peces plateados cruzaba frente al ventanal. Tal vez fuesen millones los pequeños relámpagos de plata que pasaban junto a la nave.

—¡Son peces! ¿Cómo pueden vivir sin aire?

Pero no había tiempo para explicar nada. Saúl y Caty miraron interrogativos a Yurukov.

—Voy a la sala de mandos —dijo el comandante—. Es posible sacar la nave a flote... Pero... No lo creo probable... Seguramente habrá entrado agua en el sistema y, además, algo no marcha en la *Stella* desde que avistamos este mar flotante...

Yurukov, seguido de Saúl, se dispuso a abandonar la sala de seguridad amarilla. Pero no llegaron a la puerta. Quedaron detenidos en medio de la cámara al oír de nuevo la voz de la computadora:

POSIBLE PELIGRO PARA LA NAVE... PREPARAR DEFENSAS... SER VIVO, GRADO CUATRO, EN SUS PROXIMIDADES.

—¿Grado cuatro? —exclamaron todos espantados.

Los dos hombres se precipitaron hacia el ventanal, como Caty y Abel. Gato, que por fin se había aventurado a situarse frente al mirador, salió de nuevo disparado hacia el sillón dando un chillido de terror. Los ojos de Abel, desorbitados, miraban algo que había frente a ellos...

Avanzando despacio y creando a su alrededor suaves remolinos de agua, se aproximaba un espantoso monstruo marino desconocido para los terrestres. Su longitud posiblemente superaba los doscientos me-

tros. Era algo parecido a un inmenso lagarto negro, de piel lisa y brillante, cuya poderosa cola larguísima serpenteaba inquieta. Su gigantesca cabeza, de fosas nasales enormes y vibrantes, se había acercado al cristal del mirador hasta casi tocarlo. Dos ojillos rojos se abrían en un monstruoso cráneo lleno de moluscos y algas.

Aquellos ojillos, de pronto, parecieron inyectarse de cólera y se tornaron amarillos. Un rugido siniestro salió de su garganta y abrió una boca terrible con dos filas de terroríficos dientes. Eran robustos, afilados y amarillentos, y entre ellos pululaban miles de pequeños peces parásitos.

De pronto, giró sobre sí mismo con rapidez, creando una violenta agitación en las aguas que volcó la nave del revés. Después, los aterrorizados pasajeros vieron cómo la cola de aquel descomunal ser se proyectaba sobre la nave a una velocidad increíble...

El impacto fue demoledor. Al recibir el coletazo, la *Stella Matutina* chirrió y crujió como una chatarra vieja. Luego, el monstruo la rodeó con su cola y la agitó furiosamente en el seno del océano. Los tripulantes fueron lanzados como peleles contra las paredes de la sala de seguridad. Caty buscaba con desesperación la proximidad de Abel, que parecía inerte... Después, el terrible animal, con la nave atrapada por su hercúlea cola, se sumergió hacia el fondo de las aguas a velocidad de vértigo.

Imprevistamente giraba, soltaba la nave y la golpeaba con saña, una y otra vez. Luego volvía a arrastrarla hacia las profundidades. Las paredes del vehículo espacial cedieron por fin en uno de aquellos demoledores ataques y torrentes de agua penetraron en la cámara amarilla.

Caty se había abrazado a Abel, que permanecía desmayado desde hacía unos minutos. La valiente cosmonauta miró a su alrededor. Lo último que vio fue cómo Saúl se debatía entre las aguas que irrumpían a gran presión por las grietas abiertas en la nave. Yurukov flotaba sin sentido al otro lado de la habitación y los perros nadaban con angustia entre torbellinos de agua. La científica francesa musitó:

—Dios mío, Dios mío... Éste es el fin...

Le pareció ver al terrible monstruo marino alejándose de la nave, como si una vez destrozada, se hubiese calmado su furia. Después, un violento chorro de agua, que penetraba por una nueva grieta, le golpeó en la cabeza.

Sintió que las fuerzas la abandonaban y, mientras apretaba contra su pecho al inerte Abel con todas sus energías, perdió el sentido...

3

Salvados

CUANDO Caty despertó, permaneció con los ojos cerrados durante unos momentos y trató de adivinar dónde estaba. Lo primero que advirtió fue que ya no se encontraba debajo del agua. Respiraba perfectamente y se hallaba en algún lugar silencioso en cuya atmósfera flotaba un suave olor extraño, pero muy agradable. Esta tumbada. No era una cama normal, con ropa. Se trataba, tal vez, de una simple superficie horizontal. Tocó su cuerpo. Estaba aún vestida con el traje espacial, pero completamente seca. Entonces recordó a Saúl, a Abel y al comandante Yurukov. Abrió los ojos instantáneamente.

Era increíble; se hallaba en una espaciosa sala como jamás había visto ninguna otra. Era redonda, de techo en cúpula y las paredes no tenían un tono definido, ni siquiera parecían materiales. Continuamente cambiaban de color, como si fuesen transparentes y flotase en su interior un líquido o un gas de matices pálidos y cambiantes. Todo estaba absolutamente limpio y distinguió diversos elementos esféricos en la estancia. Podían ser muebles o aparatos. No era posible saberlo.

Todo esto lo advirtió en unos segundos. Porque, apenas abrió los ojos, se incorporó casi de un salto sobre la superficie donde estaba tumbada.

—¡Saúl! ¡Abel! ¡Yurukov!

Sintió un suave aleteo en el aire, y súbitamente, apareció ante ella una mujer. Caty la miró de arriba abajo. Había surgido de ninguna parte. Sencillamente, se hizo corpórea a su lado de pronto.

Era altísima y tenía rasgos orientales. El color de su piel era de un verde pálido bellísimo y, para entendernos entre nosotros, diré que su tipo era una mezcla de batutsi (*) y japonesa terrestres. Le rodeaba la frente una fina cinta plateada y llevaba completamente rapados los cabellos. Su esbelto cuerpo estaba cubierto por un vestido tan ceñido que parecía pintado sobre la piel. Era de color amarillo, con manchas y dibujos que cambiaban de aspecto continuamente, como los colores de las paredes. En su muñeca izquierda llevaba una gruesa pulsera donde se advertían distintas manchas geométricas de diversos colores. Parecía de marfil.

—¿Y mi hijo? ¿Y mi marido? ¿Y mis compañeros? ¿Entiende usted mi idioma? ¿Dónde estoy? —dijo todo seguido Caty, en francés, presa de una gran ansiedad.

—Debo contestar por orden —respondió la mujer, también en francés.

(*) *batutsi:* pueblo negroafricano de gran belleza física.

—¿Cómo? ¿Me entiende? —dijo ahora Caty en latín, cambiando sin saber por qué al idioma oficial europeo.

—Sí, la entiendo —contestó la mujer, asimismo en latín—. Y ahora pasaré a contestar a sus preguntas. Su hijo, su marido y su compañero grueso están a salvo y enseguida los va a ver usted. El resto de la tripulación ha perecido en Ulecia...

—¿Ulecia? —dijo Caty, horrorizada, al conocer el triste fin de sus compañeros.

—Es la zona del océano galáctico donde han sucumbido. Contesto a su segunda pregunta —siguió la mujer, sin dar importancia a las emociones de Caty—. Sí, entiendo su idioma. Entiendo y hablo cualquier idioma de la galaxia —al decir esto, señaló a la gruesa pulsera de su muñeca, como dando a entender que en ella estaba el secreto de su versatilidad idiomática—. En cuanto a su última pregunta, están ustedes en Garah, la ciudad del océano galáctico.

—¿Estoy en una ciudad? —preguntó Caty, cada vez más asombrada.

—Así es. Está usted en una ciudad situada en el centro de nuestra esfera acuática.

—Quiero ver a mi hijo, a mi marido y a mi compañero Yurukov.

La mujer asintió con la cabeza. Giró sobre sí misma y se dirigió hacia uno de los muebles esféricos que había en la habitación. Ante él hizo un gesto con su mano izquierda y emergió del interior, por sí misma y atravesando sus paredes, una pulsera semejante a la suya. Se acercó de nuevo a Caty y se la colocó en la muñeca derecha. La mujer rozó uno de sus dedos con la pulsera mientras murmuraba algo.

Instantáneamente, Caty sintió una suave sacudida en todo su cuerpo y, sin tiempo para reaccionar, se encontró de pronto en otro lugar. Una sala muy parecida a la que ella había ocupado hasta sólo hacía unas fracciones de segundo. Suspendidos horizontalmente en el aire, como si estuviesen sobre una superficie invisible, vio a Abel, a Saúl y al comandante Yurukov.

Dormían profundamente. Se acercó a ellos sin saber si podía despertarlos o no. Acarició la cabeza de Abel y le dio un beso en su mejilla sonrosada. Lo mismo hizo con Saúl. Tocó cariñosamente el hombro de Yurukov. Ahora comprendió que estaban tendidos sobre una superficie dura, pero invisible.

—¿Dónde están tumbados? —preguntó Caty a la mujer.

—Sobre un segmento de ukema...

—¿Ukema? ¿Qué es?

La mujer le dio una explicación, al parecer científica, que le resultó absolutamente incomprensible. Los términos y la sintaxis que utilizaba para hacerlo le eran por completo desconocidos.

—¿Quiere que los despierte? —preguntó la mujer—. Duermen desde hace veinte horas...

—¡Oh, sí! Pero, ¿cómo se llama usted? ¿Podemos tutearnos?

La contestación de la mujer no pudo ser más escueta:

—Nombre intraducible. No podemos tutearnos.

Después, la mujer de rasgos orientales aproximó su mano izquierda a la sien de Abel y la rozó suavemente con la yema de su dedo índice, que era de color violeta. Las yemas de aquella mano mostraban, cada una, un color distinto. Abel se despertó de inmediato y lo primero que vio fue a su madre.

—¡Mamá! —exclamó, a la vez que se abrazaba a ella lleno de alegría.

—¡Hijito! ¡Uf! ¡Qué susto hemos pasado! ¿Verdad?

Mientras tanto, la misteriosa mujer había pasado su yema violeta por las sienes de Saúl y el comandante. Poco después, todos estaban abrazados en el centro de la habitación. Se hicieron cientos de preguntas precipitadas unos a otros y Caty les comunicó muy deprisa lo poco que sabía de su situación por la mujer que les atendía. Ésta permanecía inmóvil en un lado de la estancia.

De pronto, Abel se separó del grupo y se dirigió hacia la oceanita.

—Señorita, ¿dónde está Pilón? ¿Y Gato? ¿Y Tila y Coco?

En el rostro de aquella mujer se apreció un rápido gesto de desagrado.

—De los tres monstruos, sólo vive el más joven. Será transportado a situación de...

Pareció dudar sobre la palabra que tenía que decir, como si la desconociese. Manipuló durante unos segundos su pulsera. Luego siguió:

—...Será transportado a la situación de muerte una vez que haya sido estudiado por nuestros científicos...

—¡No! ¡No maten a Pilón, por favor! ¡No le maten! —gimió Abel.

La lógica de aquella mujer era implacable y, puesto que Abel le había hecho tres preguntas, antes de contestar a su súplica de que no sacrificasen a Pilón, respondió a la segunda. Pero con otra pregunta.

—¿Qué es Gato?

—Pues verás... —empezó Abel.

—No tutear —dijo la mujer, casi al tiempo que Caty le advertía a Abel:

—No la tutees; no quiere.

—Pues verá usted, señorita...

—No señorita.

—Pues verá usted, señora...

—No señora.

—Bueno, pues verá usted, lo que sea... Gato es un robot, una cosa así... —e hizo gestos con las manos indicando la forma y el tamaño de Gato—. Es mi mejor amigo, el único que tengo... Y me gustaría saber qué ha sido de él...

La mujer permaneció callada durante unos segundos, con los ojos cerrados, como intentando localizar en su cerebro al ser del que le hablaba Abel. Luego volvió a abrir los ojos y dijo:

—Su pequeño robot primitivo no será trasladado a la situación de muerte. Le será devuelto inmediatamente.

—Pero, ¿y Pilón? ¡No le maten!

Saúl tuvo entonces una idea que tal vez diese resultado. Se acercó a la mujer y le dijo:

—Mi hijo necesita a su perro para vivir... Caerá en la situación de muerte si le sacrifican...

La oceanita volvió a cerrar los ojos. Cada vez que lo hacía parecía someter su cerebro a montones de pensamientos, como si comprobase todas las ramificaciones de cuanto le decían y sus consecuencias muy lejanas. Lo mismo que hacen los jugadores de ajedrez, que calculan muchas jugadas con antelación.

Después, la mujer abrió de nuevo los ojos y tocó su pulsera. Se encendieron multitud de lucecitas en la cinta plateada que le rodeaba la cabeza y dijo algo en su idioma. A continuación, anunció:

—Enviarán al monstruo joven de inmediato.

Y, apenas dicho esto, surgió ante ellos Pilón, materializado de la nada. Durante unos segundos permaneció desorientado. Luego, al oler y ver a sus amos, comenzó a saltar loco de contento, a hacer cabriolas y toda clase de zalamerías. De pronto, al advertir a la oceanita, se detuvo, comenzó a gruñir amenazadoramente y luego avanzó hacia ella ladrándole con mucho escándalo.

La mujer le miró fijamente y dio un paso atrás, mientras en su rostro se dibujaba una expresión de gran desagrado e incluso de temor. De improviso, avanzó su mano izquierda y encaró la palma hacia el perro. Se escuchó un leve chasquido en el aire y Pilón rodó por el suelo como fulminado. Abel se abalanzó sobre él y le abrazó...

—¡Le has matado! ¡Devuélvele la vida! —gimió desesperado.

—No tutear —respondió la mujer—. No le he matado. Sólo está dormido... Ahora va a venir el pequeño robot primitivo.

E, inmediatamente, surgió Gato en el aire. Su reacción fue instantánea. Apenas percibió a la mujer, su rechoncho cuerpo cúbico emitió un agudo pitido de susto y corrió como una flecha a esconderse detrás de uno de los muebles esféricos que había en la sala.

La oceanita sonrió por primera vez, mientras Abel se iba detrás de Gato con la intención de hacerle volver.

—Siempre se asustará de nosotros... —dijo misteriosamente.

Después se dirigió a Caty y a los dos hombres.

—Ahora deberán acompañarme. Tienen que abandonar sus ropas y vestirse como nosotros para visitar a Uno.

—¿Quién es Uno? ¿Su presidente? ¿Su jefe? —interrogó Saúl—. Por favor, díganos qué va a ser de nosotros, si nos van a devolver a la Tierra, si...

La mujer le interrumpió.

—Yo no puedo explicarles nada de esto... Mi única misión es atenderles... En cuanto a Uno, es algo semejante a lo que usted dice, pero no exactamente. Él contestará a todas las preguntas que quieran hacerle sobre su situación... Y ahora, debo transportarles al sector de depuración...

Después se aproximó a uno de los muebles esféricos y, por el mismo procedimiento que utilizó en el caso de Caty, extrajo del mismo tres pulseras. Las colocó en las muñecas de Saúl, Abel y Yurukov. A continuación, las manipuló con las yemas de la mano izquierda y dijo algo en su idioma.

Apenas hubo realizado esta operación, nuestros amigos aparecieron instantáneamente en una amplia estancia de forma ovalada, con las paredes de color cambiante y una veintena de módulos ovoidales. La mitad eran blancos y la otra mitad de color rosa.

Esperaban allí otras dos mujeres semejantes a la que ya conocemos. Les indicaron a nuestros amigos que entrasen, cada uno, en un módulo blanco.

—¿Qué va a ocurrir? —preguntó Saúl.

—En esos módulos quedarán exentos de cualquier impureza... Deberán realizar esta operación tres veces al día mientras permanezcan en nuestra ciudad.

Dentro de los módulos no ocurría nada especial. Los cuatro sintieron una extraña sensación de cosquilleo durante un par de segundos. Al salir de allí, se miraron sorprendidos y bastante avergonzados. Todos estaban desnudos, pues sus ropas habían desaparecido en los módulos depuradores. Y lo mejor de todo: notaban sus cuerpos estupendamente frescos, limpios y relajados. Nunca en la vida se habían sentido tan a gusto.

—Ahora pasen a los módulos de color rosa —les indicó una de las mujeres.

Las cabinas ovales eran de un material precioso parecido al marfil. Abel miró sorprendido el interior de aquella especie de huevo. Nada más entrar, comenzaron a parpadear de forma vertiginosa miles de puntos luminosos a lo largo de una línea recta azul impresa en la pared. Notó como si algo sedoso, fresco y muy agradable se pegara a su cuerpo. Y, enseguida, se apagaron todas las luces de la línea azul.

—Han terminado —se oyó afuera la voz de la mujer.

Al salir de nuevo a la sala, todos se miraron de buen humor. Estaban vestidos como las mujeres que les atendían. Eran trajes que se adherían a sus cuerpos como una segunda piel. Los más extraños colores y formas aparecían y desaparecían en ellos continuamente, formando las más bellas composiciones abstractas que un terrestre pudiera imaginar. Y, a pesar de estar tan ceñidos, la sensación de bienestar que producían era extraordinaria.

—¡Qué guapos estamos! —dijo Caty, riendo.

—Sobre todo tú —indicó Saúl, halagador.

Luego, el ingeniero español se dirigió a la mujer que les acompañaba desde el primer momento.

—¿Cuándo deberemos ver a Uno?

Ella le dio una referencia de tiempo solar. Traducida a horarios terrestres, aún faltaban tres horas para visitar al misterioso personaje principal de la ciudad sumergida.

—Hasta entonces, ¿podríamos dar una vuelta por la ciudad? Nos gustaría verla...

La mujer les miró con una expresión severa.

—Regresarán al sector del que han venido y permanecerán allí todo el tiempo. No se lo había dicho hasta ahora: ustedes son nuestros prisioneros...

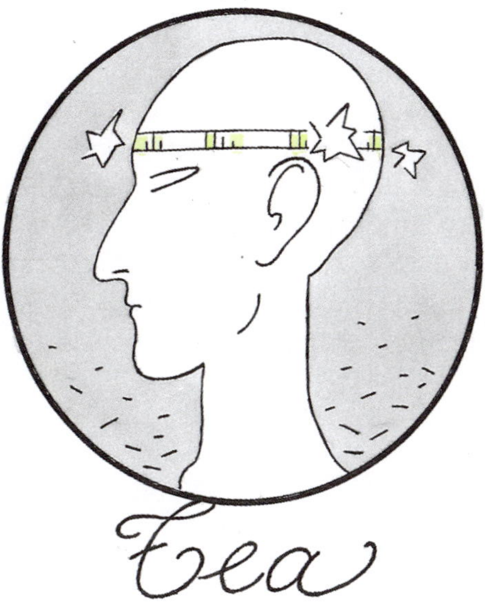

4

Uno

A la hora prevista, Caty, Saúl, el comandante Yurukov y Abel fueron transportados a la cúpula de Uno por la mujer que les atendía.

Se encontraron de pronto en una fantástica antecámara que tenía forma de concha de caracol. Era como si estuviesen dentro del caparazón vacío de un molusco marino. El techo, altísimo, ascendía formando espirales cada vez más pequeñas. Como siempre, los más extraños y finos colores oscilaban por las paredes y, en los bordes de la espiral, colocados en orden perfecto, se veían hasta cien oceanitas varones en posición inmóvil. Parecían ser guardianes que vigilaban el recinto de Uno. Estos individuos eran del mismo tipo que Tea (así vamos a llamar por nuestra cuenta a la mujer que se ocupa de los terrestres). Su estatura era superior a los dos metros, tenían la piel verde y un rostro muy bello en el que se mezclaban los rasgos de un batutsi y de un japonés terrestres. Mostraban una diferencia con Tea y todas las mujeres. Éstas llevaban el cráneo afeitado, mientras que a aquellos hombres les crecía desde la coronilla una especie de cola de caballo que les llegaba hasta la cintura. Era frondosa y salvaje, de colores puros muy intensos.

La antecámara estaba completamente vacía y nuestros amigos, precedidos por Tea, avanzaron hacia una puerta de forma oval. La mujer permaneció ante ella en silencio hasta que se abrió sola.

Entonces los terrestres penetraron en una estancia idéntica a la anterior, con forma de concha de caracol, aunque ligeramente más pequeña. También estaba completamente vacía.

Frente a ellos aguardaban once oceanitas sentados en el suelo, con las piernas cruzadas al modo oriental. Formaban un semicírculo y el oceanita del centro tal vez fuese Uno. Salvo su volumen, algo mayor que el de sus compañeros, no mostraba ninguna otra diferencia especial.

Abel se fijó enseguida en algo inquietante: tanto Uno como otros tres de aquellos individuos mantenían a su lado a un ser que era exactamente igual que un humano, con la piel sonrosada, el cabello rizado y la misma expresión que un hombre. Permanecían echados al lado de los oceanitas, sin separarse de ellos, con aire triste y aburrido.

De pronto, Uno comenzó a hablar, sin ninguno de los preámbulos que se usan en la Tierra.

—Fuimos nosotros quienes les salvamos cuando su nave fue destrozada por Argón... Lo van a ver enseguida, pues estoy seguro de que tienen interés en saber cómo ocurrió.

Uno manejó entonces un pequeño anillo esmeralda que sostenía entre sus dedos y, con gran asombro por parte de los terrestres, surgió ante ellos un fragmento del océano galáctico sobre el suelo. Era como si se hubiese cortado una porción de océano con forma exacta de cubo. Tendría unos dos metros de lado. Allí todo se veía con absoluta precisión a escala reducida. Rodeando aquel cubo, se podían contemplar las escenas que transcurrían en él por todos los costados. Caty, Saúl, Yurukov y Abel se contemplaron a sí mismos luchando contra las aguas.

Cuando estaban a punto de perecer ahogados, nuestros amigos vieron en el cubo fantástico cómo aparecían doce oceanitas, desplazados en burbujas de aire, que les recogían. Después creaban a su alrededor otras burbujas de aire y los transportaban a la ciudad submarina. Allí eran atendidos en una cámara de recuperación.

Saúl hubiera preguntado muchas cosas, pero ya les había advertido Tea que sólo podían contestar a preguntas y no hacerlas. Las imágenes del salvamento cesaron y Uno permaneció callado mucho rato, observándoles fijamente con una mirada inmóvil y profunda que asustaba a Abel y a Caty. Por fin habló:

—¿De dónde vienen?

—De Klea, una luna de Saturno —contestó Saúl.

—¿Son de allí?

—No, somos del planeta Tierra, sistema solar, en esta galaxia... Llegamos a Klea hace siete años en un viaje de investigación que duró tres. Ahora, cuando caímos en este océano espacial, regresábamos a nuestro planeta.

—¿Situación exacta del planeta Tierra? —interrogó Uno, quien, a la vez que hacía la pregunta, había accionado el anillo esmeralda que tenía entre sus dedos.

A la derecha de nuestros amigos surgió asombrosamente una parte de nuestra galaxia flotando en el aire, a escala reducida y en tres dimensiones. Era algo extraordinariamente hermoso que ocupaba casi la totalidad de la sala.

Saúl avanzó entre astros y planetas en dirección a la Tierra. Todas las esferas se veían con absoluta nitidez, pero no eran materiales, pues Saúl podía atravesarlos con su cuerpo. Se detuvo junto a la Tierra, que flotaba a la altura de su pecho.

—Éste es nuestro planeta.

Uno se inclinó hacia el oceanita que tenía al lado y le preguntó algo. El otro cerró los ojos por unos instantes, a la vez que se encendían y apagaban varias luces en la cinta plateada que rodeaba su frente. Cuando el parpadeo cesó, contestó a Uno. Éste se dirigió a los terrestres.

—¿Composición básica de la Tierra?

Saúl le informó puntualmente sobre los materiales esenciales que conforman nuestro planeta y, a partir de aquel momento, durante horas, los oceanitas les sometieron a un interrogatorio exhaustivo con relación a cientos de datos referentes a la Tierra: físicos, químicos, gravitatorios, electromagnéticos...

Los científicos Saúl y Caty, con alguna aportación del

comandante Yurukov, contestaron a todo. Los seres semejantes a humanos que permanecían al lado de algunos oceanitas, habían terminado por adormilarse.

Les permitieron sentarse tras dos horas de interrogatorio y, durante todo el tiempo, aquellos individuos no anotaron nada. A Saúl y Caty les daba la impresión de que, de algún modo, grababan en sus mentes los datos que ellos les proporcionaban. Cuando contestaban a las preguntas, distintos puntos de luz parpadeaban en la cinta plateada que rodeaba la frente de todos.

Por fin terminaron las preguntas. Hubo un prolongado silencio, muy largo, durante el cual Uno permaneció con los ojos cerrados. Después los abrió y comenzó a hablar de nuevo.

—Nosotros procedemos de un sistema solar situado cerca de Alfa Centauri, en esta galaxia. Nuestro planeta se llama Minha y dista del suyo unos 130.000 años, viajando en una nave como la de ustedes. Sus condiciones generales, según las informaciones que nos han dado, son casi exactas a las de la Tierra... Hace mucho tiempo que se produjo en Minha una devastadora catástrofe nuclear. En el fondo de nuestro océano mayor habíamos construido una ciudad-refugio en previsión de un caso semejante... Allí nos instalamos durante una época cinco mil de nosotros y trescientos warohs...

Al decir la palabra «warohs» señaló al ser de aspecto humano que dormitaba junto a él.

—... Pero las consecuencias de la catástrofe nuclear podían afectar también a las aguas donde se encontraba sumergida la ciudad-refugio. Esta ciudad submarina era, en realidad, una inmensa nave capaz de navegar por el espacio si fuese necesario. Decidimos abandonar el planeta y el océano... Pero ocurrió algo imprevisto. Una anómala reacción gravitatoria, producida en los centros de control de la nave, arrastró con ella a las aguas oceánicas cuando salimos al espacio... Ése es el origen de la gota flotante en la que ustedes se encuentran ahora...

Hubo unos momentos de silencio durante los cuales ocurrió algo muy extraño. Uno de los seres que permanecía junto a los oceanitas había estado mirando a Caty desde el principio, insistentemente. Y, ahora, a ella le pareció percibir que le hacía un gesto apenas perceptible con las cejas, como si quisiera indicarle algo sin que lo notasen los hombres verdes. Al principio, ella pensó que se trataba de una figuración suya. Pero aquel gesto se repitió más veces... Era algo así como si le dijera con los ojos «tenemos que vernos...» Estaba sorprendida y un poco asustada. Uno siguió hablando.

—Llevamos navegando por el espacio doscientos años, sin rumbo fijo, y nos resulta del todo imprescindible descender ya sobre un planeta semejante al nuestro donde vivir... Nuestras reservas de recursos en la nave se agotan... Necesitaríamos ciertos elementos, materias primas para permanecer en el espacio... La Tierra es el idóneo. Resulta asombroso, pero sus condiciones físico-químicas generales son casi idénticas a las del nuestro... En él podremos sobrevivir sin ningún problema...

Después de unos segundos de silencio, añadió:

—El océano galáctico descenderá sobre la Tierra.

—¿Que descenderán sobre la Tierra? ¿Con la gota gigante de agua? —intervino Saúl sin poderse contener.

—Así es —respondió Uno—. Lo perfecto sería hacerlo sólo con la ciudad, pero desconocemos el sistema para separarnos del agua. Algún fenómeno gravitatorio que no controlamos hace que la ciudad la arrastre siempre... Sólo será posible desprendernos del agua cuando nos posemos sobre un planeta... Su gravedad nos liberará de ella...

—¡Pero eso no es posible! —exclamó excitada Caty.

—Cálmese —dijo Uno—. Formule sus pensamientos con serenidad... ¿Por qué no es posible?

—Porque este océano flotante, de un tamaño algo menor que nuestro satélite, la Luna, inundará gran parte de los continentes terrestres y perecerán millones de personas...

Uno miró fijamente a Caty antes de contestar.

—Eso no importa en absoluto. Los terrícolas que perezcan no serían útiles para nada. Nos resulta indiferente su paso a situación de muerte...

—Pero a nosotros sí nos importa... ¡Nos importa mucho!

—Lo que a ustedes les importa no es lo que a nosotros nos importa. Ahora, no vuelva a hablar de este tema. Resulta absolutamente inútil. La decisión de descender sobre la Tierra está tomada.

—La inundación también les afectará a ustedes. Les quedará muy poco espacio para vivir...

—Lo sabemos. Pero nuestra población se reduce a cinco mil pecs y trescientos warohs... Nos basta, en un principio, con tener espacio para ese número de individuos. Después, conocemos los sistemas adecuados de desecación para ir ampliando poco a poco nuestros territorios... La conversación sobre este tema ha terminado.

Uno volvió a permanecer en silencio durante unos instantes. En ese momento, Caty advirtió de nuevo cómo el mismo waroh volvía a hacerle otra vez un gesto disimulado con los ojos. Se escuchó la voz de Uno.

—Ahora pueden hacernos tres preguntas.

Caty saltó de inmediato.

—¿Quiénes son los warohs? Parecen exactamente terrestres...

Uno, durante unos segundos, pareció confundido por aquella pregunta. Y, de momento, no contestó. Luego tocó su pulsera con la yema azul de la mano izquierda. Instantáneamente, apareció en la sala Pilón. Comenzó a ladrar asustado.

—¡Pilón! —exclamó Abel, mientras se precipitaba hacia él para cogerle en brazos.

Uno señaló al perro.

—Los warohs son para nosotros algo parecido a lo que es el joven monstruo para ustedes...

—¿Para qué los quieren? —siguió Caty.

—Para lo mismo que ustedes quieren a los perros.

Son como juguetes vivos... Además, saben hacer una serie de cosas que nos gustan, imposibles para nosotros: cantan, bailan e inventan composiciones verbales muy agradables...

Caty estaba atónita.

—Verá... —dijo Uno.

Hizo un gesto rápido con la mano a su waroh. Éste se puso en pie y, sin preámbulos, entonó este breve fragmento de una canción:

> «¡Oh, cómo recuerdo aquel día en el mar!
> Tu cabello flotaba en el aire
> y la brisa nos acariciaba
> en el ocaso...»

Después, volvió a acurrucarse al lado de su amo. Nuestros amigos no daban crédito a lo que veían...

—Son... —murmuró Saúl—. Son como nosotros, los terrícolas...

—Exacto —confirmó Uno—. Les falta una pregunta.

—¿Qué va a ser de nosotros? —interrogó Saúl, un tanto excitado.

—Estarán en nuestra ciudad hasta que el océano flotante descienda sobre la Tierra...

—¿Y después? —preguntó Caty.

—Sólo podían formular tres preguntas. Y ya lo han hecho. Las han aprovechado muy erróneamente.

Ahora regresarán a su cámara para recibir algunas instrucciones... Después conocerán nuestra ciudad.

Y, apenas dijo esto, Uno hizo un gesto a Tea para que salieran.

Cuando el reloj de Abel marcaba las 8,00 AM y Tea les estaba dando instrucciones sobre cómo comportarse en sus itinerarios por la ciudad submarina, todos notaron cómo ésta oscilaba suavemente cambiando de posición con respecto al sol. El gran océano galáctico estaba poniendo rumbo a la Tierra.

5

Los warohs

—TENGO hambre —dijo Abel de pronto, mientras Tea les hablaba.

—Y yo —añadió Caty.

—Pero yo mucha más que todos —finalizó Yurukov.

Saúl se dirigió a Tea:

—Necesitamos comer... Desde que llegamos aquí no hemos tomado ningún alimento y estamos desfallecidos...

La mujer pareció sorprenderse por aquella manifestación. Cerró los ojos, como hacía siempre, y se tocó la pulsera, mientras en la cinta de su frente parpadeaban las luces. Volvió a abrirlos y dijo:

—Comerán siempre en el sector de los warohs a las horas en que ellos lo hacen. Allí les atenderán. Ahora, acérquense a mí.

Todos obedecieron y Tea realizó una operación que

les sorprendió. Con la yema de su dedo meñique, de color añil, tocó suavemente el lóbulo de sus orejas, que quedaron tintados del mismo tono, como si les hubiesen aplicado una pequeña pincelada de pintura.

—¿Para qué nos ha pintado usted la oreja? —preguntó Abel, lleno de curiosidad.

—Para poder localizarles a distancia en cualquier momento allí donde se encuentren...

—¿Y si nosotros deseamos algo, qué tenemos que hacer? —interrogó Caty.

La mujer se acercó a la terrestre y le indicó un punto de su pulsera. Bastaba con tocarlo para que ella apareciese instantáneamente junto a nuestros amigos.

—Pueden irse. Tienen completa libertad de movimientos para andar por la ciudad, pero a las 12,00 AM de sus relojes deberán estar en estos aposentos de nuevo. Cualquier retraso tendrá consecuencias graves para ustedes.

Y ya, sin más preámbulos, salieron de la sala. Les habían dejado completamente libres y solos, como cuatro turistas que llegasen a una ciudad desconocida. Se extrañaban de que no les hubiesen proporcionado ningún medio para orientarse. Tea no permitió que Pilón y Gato fuesen con ellos.

—Lo primero que tenemos que hacer es llegar al sector de los warohs para hartarnos de comer... —dijo Yurukov—. Mis tripas están organizando el concierto titulado «Sinfonía del Pollo Asado»...

—¿Y eso dónde está? —intervino Abel, que también se moría de hambre.

—Yo creo que deberíamos preguntar —sugirió Caty.

—Sí, pero ¿a quién? —terminó Saúl.

Habían accedido a una especie de amplia avenida de paredes curvas que estaba completamente desierta. Era como un tubo de unos 50 metros de diámetro cuya parte superior era transparente. Por allí podía contemplarse el agua oscura y sombría del océano galáctico. No se veía ninguna clase de vehículo transportador, ni a ningún oceanita, ni ningún objeto. La avenida estaba perfectamente iluminada, pero no pudieron descubrir de qué aparatos procedía la luz.

—¡Mirad! —exclamó de pronto Abel.

A unos 50 metros de ellos, había surgido de la nada un oceanita varón provisto de una brillante cola de caballo roja.

—Preguntémosle.

—¡Oiga!

El oceanita les miró extrañado y luego, con un gesto, ordenó que se aproximasen a él. Enseguida tocó su pulsera.

—¿Qué desean? —preguntó en latín.

—Mire, somos los terrestres que... —empezó Saúl.

—Lo sé bien. ¿Qué desean?

—Queremos llegar al sector de los warohs...

—Toquen el punto verde de sus pulseras y serán transportados a ese sector.

—Pero queremos ir andando; deseamos ver la ciudad —intervino Caty.

El individuo oceanita les miró sorprendido y permaneció callado. Después cerró los ojos y empezaron a encenderse las luces de su cinta plateada. Cuando volvió a mirarles, sólo dijo:

—No tengo respuesta.

Luego, sin esperar más, se separó de ellos y, tras hacer unos extraños movimientos con los dedos frente a una mancha azul rectangular, que apenas se distinguía en la pared, desapareció instantáneamente.

—Ya sé lo que ocurre —dijo Saúl—. El único medio de transporte conocido por los oceanitas es el instantáneo. Pasan de unos lugares a otros de la ciudad por ese asombroso sistema y realmente no saben cómo orientarnos para ir caminando...

—Bien, pues busquemos —añadió Caty.

—Ni hablar —intervino Yurukov—. Lo primero es comer. Hagamos lo que ha dicho ese individuo y vayamos directos al sector de los warohs. Los paseos podemos dejarlos para cuando la barriga esté bien llena...

—¡Siempre tan comilón! —exclamó Caty, en broma—. De acuerdo...

Todos siguieron las instrucciones que les había dado el pec y, en unas fracciones de segundo, se encontraron en una gigantesca sala rectangular dividida en varios sectores por medio de paneles. Aquello era otra cosa: por los largos pasillos iban y venían warohs de todas las edades atareados en distintas ocupaciones. Se oía el rumor de muchas conversaciones y, mezcladas a ellas, voces y llamadas. Todos daban la impresión de estar muy absorbidos por sus trabajos y, al principio, no parecían haberse dado cuenta de la presencia de los terrestres. Se veían muebles, instrumentos y aparatos que recordaban vagamente instalaciones terrestres como panaderías, carpinterías o cocinas de restaurantes.

En aquel momento pasaba junto a ellos un waroh que llevaba un recipiente lleno de algo que podría parecerse a las espinacas terrestres. Al descubrir a nuestros amigos, se quedó inmóvil y luego dio un paso atrás, como si estuviese asustado. Enseguida se acercaron otros compañeros con actitud desconfiada.

—Hola —dijo Saúl—. Queremos comer...

El waroh no llevaba pulsera, e hizo un gesto indicando que no les entendía, mientras seguía retrocediendo.

Caty, con su mejor sonrisa, avanzó una mano hacia él y la mantuvo tendida en el aire. Ella sabía que algunos gestos amistosos tranquilizan a los seres terrestres cuando desconfían, como ofrecer la mano a los hombres o acercar el dedo índice a la nariz de un gato. A lo mejor daba resultado.

El waroh, al ver la mano tendida de Caty, detuvo su retroceso. Miró la mano y a Caty varias veces. Dudó unos momentos y, finalmente, con muchas precauciones, avanzó la suya despacio hasta rozar la de la científica. Ella la cogió entonces entre sus dedos con suavidad, y el waroh, ya decidido, apretó francamente la mano de la terrestre.

—Queremos comer —dijo ella—, a la vez que lo indicaba mímicamente.

Al waroh se le iluminó el rostro y sonrió. Era un individuo de unos treinta años, con el pelo corto, exactamente igual que un terrícola de raza latina, como un italiano o un español.

El waroh, sin pensarlo dos veces, se aproximó a los terrestres y manipuló sus pulseras. Luego empezó a hablar.

—Yo no puedo entenderles a ustedes porque no tengo pulsera, pero ustedes a mí sí... Quieren comer, ¿no es así?

Los cuatro asintieron con la cabeza.

—¿Tienen permiso de los pecs, los hombres verdes?

Volvieron a asentir.

—Está bien; acompáñenme.

A todo esto, decenas de warohs se habían acercado al grupo y miraban a los terrícolas con asombro y una especie de complicidad en las miradas, como si hubiesen encontrado a gente con la que podían entenderse. Todos parecían querer decirles algo con los ojos, aunque no hablaban. Nuestros amigos advirtieron enseguida que los warohs llevaban en el lóbulo de las orejas una marca de color añil igual que la suya.

—Me llamo Kareh —dijo el waroh, mientras les conducía por un largo pasillo a cuyos lados se había congregado la gente.

Llegaron a un sector donde se veían unas setenta mesas muy bajas, como las que usan los japoneses. Para sentarse había una especie de cojines.

—Es precisamente la hora de comer —dijo Kareh—. Lo harán con nosotros.

Fueron llegando warohs y sentándose alrededor de las mesas. En un momento dado, cuando todos ocupaban sus lugares, en un extremo de la sala se puso en pie un individuo que parecía el más anciano de todos. Guardó unos instantes de silencio y, luego, dijo:

—¡Oh, Warah! Te damos las gracias por habernos conservado la vida un día más. Ofrecemos en tu honor estos alimentos que recibimos de ti y te pedimos que encontremos de nuevo el Paraíso del que nuestras imperfecciones nos expulsaron.

Acto seguido, se sentó de nuevo y todos empezaron a comer.

Al oír aquellas palabras, un escalofrío había recorrido la espalda de Caty. Con gestos muy vivos y elocuentes interrogó a Kareh sobre el significado de lo que había dicho el anciano.

—A la hora de comer hacemos una alabanza a nuestro Dios y le pedimos que nos devuelva el Paraíso que perdimos…

—¿Vuestro Dios? ¿Qué Paraíso?

Pero, en esta ocasión, no obtuvo respuesta.

La comida consistía en una bandeja individual bien provista de pescado, verduras y frutas. Yurukov y Abel se abalanzaron sobre los alimentos de forma un tanto descortés. También había recipientes con agua. Las viandas estaban cocinadas y tenían un sabor extraño, pero muy agradable.

Nuestros amigos preguntaron con gestos que cómo cocinaban y de dónde sacaban los alimentos. Kareh les dijo:

—Tenemos huertos en la ciudad y pescamos en el océano... Cuando terminemos de comer, os lo enseñaré todo.

Yurukov, mediante una mímica que no dejaba lugar a dudas, preguntó que si era posible tomar otra ración, lo que provocó una carcajada general. No debía ser corriente repetir entre los warohs. De todos modos, se le sirvió otra bandeja más y la verdad es que se habría tomado una tercera si no le hubiese dado vergüenza pedirla.

Mientras comían, Caty, Saúl y Yurukov no cesaron de hacer preguntas a Kareh y sus compañeros. Pero cualquier pesquisa que hacían sobre los pecs se quedaba sin respuesta. Los warohs, en estas ocasiones, no hacían ni el más mínimo comentario; no decían ni una sola palabra. Sólo había silencio. Pero, a la vez, nuestros amigos notaron que, cuando callaban, en sus ojos se advertía una mirada que parecía querer decirles «no podemos hablar».

Al hacer una de estas preguntas sobre los pecs, al final de la comida, ocurrió algo que sobrecogió a todos. De pronto, un waroh rubio y delgado, que esta-

ba sentado en la mesa más próxima, se puso en pie y comenzó a gritar presa de una gran agitación.

—¡Ellos deben saberlo! ¡Estos seres son iguales que nosotros y deben saberlo! ¡Es la ocasión de hablar! ¡Los pecs...!

Pero no pudo continuar. Se escuchó un desagradable chasquido en el aire y, enseguida, tras tornarse de un morado intenso a partir de la marca azul de su oreja, aquel waroh cayó fulminado al suelo.

Caty, que era médico, se precipitó hacia él para auxiliarle. Pero Kareh la detuvo con un gesto.

—Está muerto. Siéntese.

Ella obedeció. Todos continuaron comiendo con la cabeza baja en medio de un gran silencio y, apenas unos segundos después, el cuerpo del waroh muerto desapareció instantáneamente del comedor.

—Ha sido transportado al océano —dijo tan sólo Kareh.

Los terrestres no se atrevieron a preguntar nada sobre aquel suceso.

Este acontecimiento ensombreció las visitas que Kareh y otros warohs hicieron con nuestros amigos para mostrarles sus dominios.

La ciudad sumergida tenía unos cinco kilómetros de diámetro y estaba dividida en varias zonas o sectores. Había un nivel alto o de superficie y otro inferior o subterráneo. En este nivel inferior estaban los centros de control y defensa de la ciudad-nave, así como las instalaciones de todos los servicios fundamentales: climatización, generación de aire y energías, depuradoras, desagües...

En la superficie se encontraban los sectores de vivienda, recreo y gobierno de los pecs, coronados por las dos cúpulas en forma de concha de caracol destinadas a Uno y sus consejeros. En el centro geométrico de la ciudad, fuertemente protegida, se hallaba la computadora o cerebro central de la nave, que controlaba todo su funcionamiento. La zona destinada a los warohs también estaba en la superficie.

Los cuatro terrícolas se quedaron completamente asombrados cuando los warohs les mostraron los huertos de la ciudad. Las verduras y los árboles frutales crecían allí de forma exuberante, verdes y frescos, en áreas circulares muy bien cuidadas. Cada una de estas áreas estaba cubierta por cúpulas transparentes por las que se veía el mar oscuro.

—Todos nuestros animales murieron en la catástrofe del planeta —informó Kareh—. Pero pudimos traernos semillas de los vegetales más útiles para nosotros. Ahora sólo podemos comer verduras, frutas y carne de pescado... Pero es suficiente. Los pecs cuidan grandes rebaños de peces que luego introducen en nuestros depósitos de reservas. Mirad...

Estaban en el sector de almacenaje y, a través de un gran mirador, nuestros amigos vieron en medio de las aguas cómo varios individuos verdes, dentro de sus burbujas de aire, dirigían un banco de peces hacia las compuertas de entrada a la nave. Lo mismo que unos pastores dirigen a su rebaño.

Durante las jornadas siguientes, los cuatro terrestres merodearon a su antojo por la ciudad. Aunque no completamente. Había itinerarios y lugares que no podían hacer ni visitar. Veamos un ejemplo:

Al tercer día de su estancia en Garah, caminaban por una de aquellas avenidas desiertas donde, a veces, aparecían y desaparecían pecs de forma misteriosa. Se habían detenido frente a un estrecho pasillo por el que llegaba un ruido extraño y acompasado, como si procediese de una máquina o de un complejo electrónico.

—Vayamos por ahí —invitó Caty.

Pero, cuando intentaron penetrar en el corredor, comprobaron que una superficie invisible les impedía el paso. Sin embargo, un pec que surgió en aquel lugar poco después, pudo entrar en el pasillo sin dificultades.

Esto les ocurrió en varias ocasiones.

—Está claro —dijo Saúl, cuando ya permanecían cinco jornadas en la ciudad sumergida—. Hay lugares que nosotros no podemos visitar... Y la clave de todo está en nuestra señal azul de las orejas. Creo que mediante esta mancha añil no sólo nos controlan a distancia continuamente, sino que es un elemento esencial para crear las barreras que nos cortan el paso en algunos lugares...

—Yo creo más cosas aún —siguió Caty—. A través de esta marca, los pecs podrían provocar nuestra destrucción inmediata si hiciésemos algo prohibido...

¿Recordáis al waroh que sucumbió en el comedor? Se puso morado a partir de la mancha azul...

La expresión preocupada de Saúl se acentuó.

—¡Y la gran esfera de agua continúa su camino hacia la Tierra! ¿Cómo podríamos impedirlo? Es necesario que...

Pero Caty no le escuchaba. Se había alejado de Saúl y Yurukov unos pasos y miraba hacia todas partes con gesto inquieto.

—¿Abel? —dijo sin levantar la voz.

Entonces Saúl y Yurukov se dieron cuenta de que el muchacho no estaba con ellos. Tampoco Pilón ni Gato, que les acompañaban aquel día.

Una mirada de alarma se cruzó entre los tres cosmonautas.

—¡Abel! ¡Abel! —comenzaron a llamar los tres, mientras avanzaban por un solitario pasillo lanzando continuas miradas a su alrededor.

Abel, Pilón y Gato se habían perdido.

6

Revelaciones importantes

HABÍA ocurrido lo siguiente: de pronto, Pilón salió corriendo por el pasillo en que se encontraban los terrícolas; detrás de él se había ido Gato y, tras ellos, Abel. Pilón, en su carrera, torció varias esquinas, introduciéndose de improviso en un laberinto de pasillos estrechos en los que hacía bastante frío. Eran como tubos metálicos, oscuros y sucios, donde los pasos resonaban mucho. El caso es que los tres se habían alejado del lugar donde estaban Saúl, Caty y Yurukov.

Pilón había conseguido ya una ventaja de unos cincuenta metros y corría alegre, jugando con su amo y Gato a que no le alcanzasen. Torció una esquina lejana y, cuando Abel llegó hasta ella y lo hizo también, no vio ni rastro de su perro.

—¡Pilón! ¿Dónde estás? ¡Vuelve! ¡Ha desaparecido, Gato!

—Tampoco se encuentran cerca tus padres —dijo el pequeño robot.

—Sí, pero ahora hay que buscar a Pilón.

—Calla un momento —interrumpió Gato—. Creo oír algo...

Abel permaneció en silencio y, efectivamente, se escucharon unos débiles lamentos de chucho en alguna parte.

—¡Es Pilón! ¡Se oye por ahí! —exclamó Abel, señalando a un recodo que hacía el tubo donde estaban, a pocos metros de distancia.

Se encontraban en un sector sucio, húmedo y con olor a moho, como si por allí nunca pasase nadie y fuese un lugar abandonado. Los lamentos de Pilón se oyeron cada vez más cerca.

—Pilón sumergido en pozo —dijo entonces Gato con toda tranquilidad.

Abel se dirigió corriendo hacia donde estaba el gracioso robot. Se hallaba detenido junto a una especie de orificio cilíndrico abierto en el suelo. Abel se asomó a su interior. A unos dos metros de profundidad se veía al pobre Pilón, que no hacía más que dar saltos intentando llegar a la superficie, entre lloros y ladridos.

Abel se arrodilló junto al orificio, inclinó su cuerpo hacia el fondo y, aprovechando un salto de Pilón, lo agarró entre las manos.

Al sacarlo fuera, el perro parecía haberse vuelto loco de contento. Ladraba y lloriqueaba entre los brazos de su amo, mientras le daba ansiosos lametazos en la cara...

—Bueno, ¡basta! ¡hale!, al suelo. Ahora hay que buscar a papá, a mamá y al comandante.

Pero, apenas Abel posó en el suelo a Pilón, éste comenzó a hacer eses por el oscuro pasillo, como si se hubiese tomado un tubo entero de pastillas o hubiese bebido algún licor. Caminaba vacilante y se iba de un lado a otro de las paredes curvas del corredor. A veces se caía, volvía a levantarse y seguía su camino de beodo.

—Pero, Pilón, ¿qué te pasa?

Gato emitió un pitidito extraño, medio de asombro y medio de susto. De pronto, el pitido se hizo más agudo y corrió a esconderse detrás de Abel.

—A... A tu derecha... Mira a tu derecha... —advirtió el robot.

Abel hizo lo que Gato le decía y vio entonces cómo una sombra se recortaba al fondo del tubo. Se tranquilizó enseguida al comprobar que era un waroh y, además, muy conocido. Se trataba de Kareh.

—¿Qué haces aquí, Abel?

El muchacho le dijo con gestos que, en realidad, no hacía nada en concreto, y se disponía a explicarle al waroh algunas cosas más, cuando el oceanita se quedó mirando fijamente a algún punto de su cara. La expresión de Kareh era de total asombro... Luego, avanzó su mano y tocó el lóbulo de la oreja de Abel... Inmediatamente se llevó el dedo a la boca, indicándole en silencio que no dijese ni una sola palabra. Después, mediante gestos, hizo entender a Abel que no tenía la marca de color añil en su oreja y que

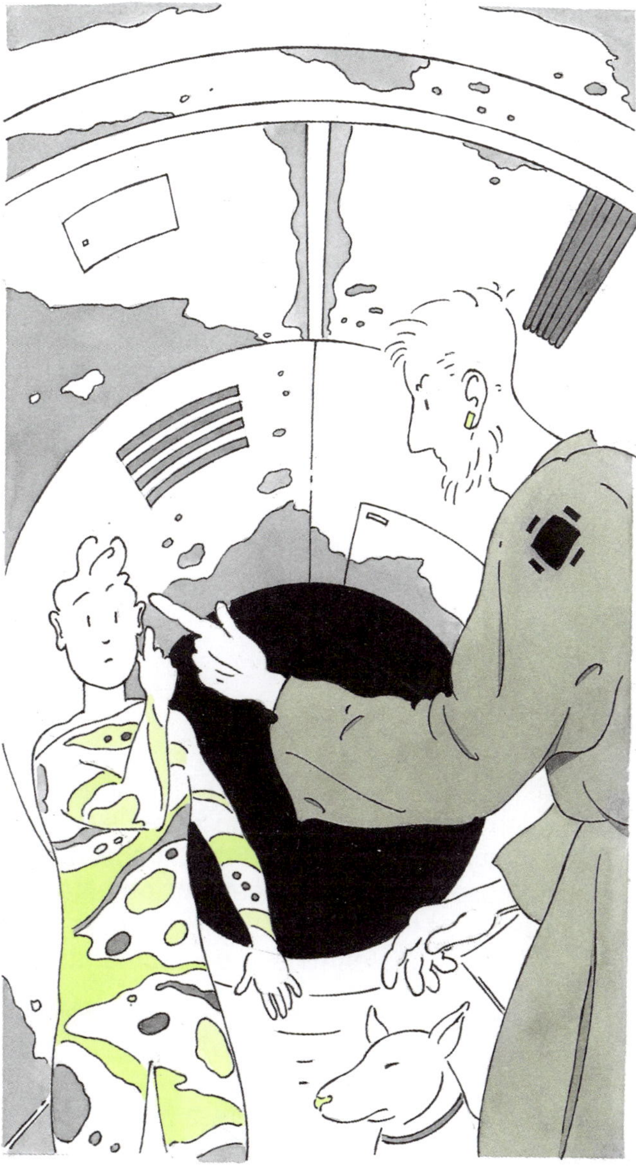

cómo lo había conseguido, mientras insistía siempre en que no hablase.

Abel, asombrado, se quedó pensando un buen rato y, de sopetón, se le iluminó el rostro. Sí, era casi seguro. Los lametazos de Pilón se habían llevado la mancha azul y alguna sustancia de la misma era lo que le produjo el mareo...

Se lo hizo saber al waroh, cuyas facciones se vieron traspasadas por un relámpago de inmensa sorpresa y alegría. Con gestos nerviosos le pidió a Pilón que lamiese su oreja también.

—No, no —dijo Abel—; se pone muy malito el pobre... ¡Ah! pero tengo una idea...

Y, a la vez que Kareh insistía vivamente en que no hablase, Abel se agachó junto a Pilón y le puso la mano frente a su boca.

—Anda, lámeme, bonito...

Tras insistir varias veces, Pilón hizo lo que le pedía su amo. Inmediatamente, Abel tocó con sus dedos la mancha añil de Kareh. Lo que vio a continuación fue asombroso. El color azul del lóbulo comenzó a desvanecerse, se transformó primero en un tono morado pálido, después en rosa y, por último, desapareció del todo.

—¡Ya está! —dijo Abel.

—¿Seguro? —preguntó Kareh, presa de un gran nerviosismo.

—Seguro. Tu oreja es del mismo color que el resto del cuerpo.

—Está bien; ahora desconecta tu robot.

Abel obedeció extrañado.

—Escucha. La saliva de tu perro debe contener alguna sustancia que diluye la marca azul... Esa señal es la que permite a los pecs localizarnos en todo momento y escuchar todo cuanto decimos... Genera las murallas energéticas que os impiden pasar a algunos sitios y, si fuera preciso, recoge las emisiones mortales que pueden enviarnos a distancia... ¡En este momento no saben dónde estamos ni oyen lo que decimos! ¡Somos libres! Hay que buscar a tus padres y al hombre gordo de la barba... Tengo que contarles muchas, muchas cosas... Llámales, rápido...

Abel empezó a gritar:

—¡Mamá! ¡Papá!

Mientras les llamaba, comenzaron a caminar por aquel laberinto de pasillos, a la vez que escuchaban con atención por si ellos oían a los tres expedicionarios terrestres. A los cinco minutos, oyeron a lo lejos la voz de Caty.

—¡Abel! ¡Estamos aquí!

Guiados mutuamente por sus voces, los dos grupos se fueron acercando hasta coincidir en un pasillo más ancho y menos frío. Apenas Kareh vio a los terrícolas, hizo gestos ostensibles de que no hablasen. Nuestros amigos, dada la expresión grave del waroh, obedecieron, sobre todo cuando les señaló la oreja de Abel, y la suya propia, sin la marca azul.

Después le indicó a Abel que Pilón repitiese la operación de lamerle la mano. El bull terrier, que ya se había repuesto y era un perro la mar de inteligente, no se hizo rogar en absoluto. Lamió los dedos de Abel que, rápidamente, frotó los lóbulos de sus padres y de Yurukov. Kareh observó con toda atención cómo desaparecía la marca de los terrestres y, cuando no quedó rastro de ella, dando un gran salto de alegría, exclamó a grandes voces:

—¡Todos podemos hablar ya libremente!

Saúl, Caty y Yurukov le observaban atónitos.

—Hoy es un día grande para nosotros —siguió Kareh—. Al borrarse las manchas de nuestras orejas, estamos completamente libres del control a distancia que ejercían sobre nosotros los pecs...

Les contó rápidamente lo que había explicado a Abel y, después, añadió:

—Tengo que ponerles al corriente de muchas cosas... Necesito una pulsera para hablar con ustedes, para que yo les entienda...

Todas las miradas se dirigieron a Abel.

—¡Qué gracia! Yo soy el único que no va a entender nada —protestó.

—Te enterarás de la mitad —dijo Caty—. La otra mitad te la contaré yo después. Anda, dásela...

Cuando Kareh tuvo la pulsera, indicó:

—Síganme. Vamos a algún lugar donde no estemos a la vista de la posible aparición de un pec.

Los terrestres, asombrados, siguieron al waroh, que les condujo hacia el laberinto de tubos metálicos donde había encontrado a Abel. Penetraron por una estrecha compuerta y, poco después, se hallaban sentados en corro sobre el suelo, en una especie de hueco angosto abierto en las profundidades del laberinto de pasillos. Se encontraban casi a oscuras y había un extraño olor a humedad y metal oxidado.

—Nos hallamos —empezó Kareh— en las antiguas conducciones de aire, actualmente en desuso. Es muy improbable que aparezca por aquí algún pec. Y ahora no nos pueden localizar a distancia. Pero detectarán pronto que hemos desaparecido de sus pantallas de control y eso les producirá una gran alarma. Nos buscarán inmediatamente...

—¿Quiénes son los pecs? ¿Qué va a ser de nosotros? ¿Tenemos alguna posibilidad de escapar? —comenzaron a ametrallarle con preguntas Caty, Saúl y Yurukov.

—Os lo diré todo... Pero hay que darse prisa... Escuchad; los pecs son... Robots. Eran nuestros robots... Por lo que puedo colegir, nuestra civilización, la del planeta Minha, es mucho más avanzada que la vuestra en el plano científico... Cuando en nuestro planeta se produjo la situación de emergencia total al producirse la catástrofe nuclear, caímos en el error de proporcionar el grado de inteligencia cuatro a nuestros androides... Necesitábamos realizar operaciones muy delicadas y peligrosas con elementos radiactivos que hubieran provocado la muerte de nuestros hombres...

—¿Inteligencia cuatro? —interrogó Saúl.

—Inteligencia lógica superior a la nuestra... Es decir, a nivel matemático, científico y lingüístico... Pero ellos carecen de cualquier tipo de sentimientos y de capacidades estéticas... Nosotros teníamos la posibilidad de proporcionarles inteligencia en grado cuatro desde hacía mucho tiempo... Pero nuestros científicos y gobernantes se oponían rotundamente a ello... Tenían miedo de que... de que ocurriese lo que ha pasado. Poco antes de refugiarnos en la ciudad submarina, los pecs ya habían tomado el poder... Entraron en Garah cinco mil y sólo escogieron a trescientos de nosotros...

—¿Para qué? —preguntó Caty.

—Para servirles de distracción... Como vosotros tenéis a vuestros perros y nosotros teníamos a nuestros kines, a nuestros dinos... Ellos son incapaces de crear obras artísticas, pero les gusta oír canciones, ver bailar, el sonido de nuestras voces... Además, tener un waroh es para ellos como un signo de poder... Los más importantes eligen entre nosotros al waroh que va a ser como su perro... Nos llevan todo el día junto a ellos y, a las horas de comer y dormir, nos envían a nuestro sector... Ellos se ocupan de cultivar los huertos y apacentar los peces para nosotros... Como vosotros os ocupáis de proporcionarle la comida a vuestro perro... Pero estos son detalles que ya os contaré más despacio. Han debido empezar a buscarnos y hay que darse prisa...

—¿Cómo podemos evitar que el océano se pose sobre la Tierra? Eso es lo que más nos importa... —interrogó Saúl.

—Mirad. Existe una poderosísima carga nuclear en el fondo de la ciudad. Si somos capaces de llegar a la computadora central y programar su explosión, la reacción que se producirá será tan potente que el intenso calor desprendido evaporará toda el agua que nos envuelve...

—Eso no es posible —dijo Caty.

—Sí para nuestra cabeza nuclear...

—Pero pereceremos nosotros también...

El waroh permaneció en silencio unos momentos...

—Sí... Por eso deberemos escapar de la esfera acuática antes de que se produzca la explosión.

—¿Cómo? —intervino Yurukov.

—En la vieja nave en que llegamos a la ciudad submarina hace doscientos años... Era, ya entonces, más avanzada que vuestros vehículos actuales. Combinando la velocidad de esa nave con la aceleración máxima que podemos proporcionarle a la ciudad y su océano, conseguiremos una velocidad de separación superior a los cien mil kilómetros por hora... Tendríamos que programar la explosión nuclear para tres horas después de haber partido con la nave y acelerado la ciudad... En ese tiempo nos habríamos alejado trescientos mil kilómetros del océano y su estallido no nos alcanzaría...

—Pero... Todo eso es un sueño —dijo Caty—. No podremos conseguirlo de ninguna manera... Somos cinco personas contra cinco mil seres con unos poderes extraordinarios...

El rostro de Kareh se ensombreció.

—Hay que intentarlo... De todos modos, vuestro destino aquí tal vez sea... la muerte.

Al oír aquellas terribles palabras, Caty preguntó:

—¿Quién es vuestro dios? Me sobrecogieron las palabras del anciano que habló, en el comedor, sobre un Paraíso perdido...

Kareh resumió brevemente. Estaba nervioso y quería entrar en acción de inmediato.

—En nuestro planeta había muchas religiones, pero en el libro sagrado de la más importante, se habla de que Warah creó en un Paraíso a los dos primeros warohs, uno masculino y otro femenino. Se llamaban Ado y Avo, y Warah les prohibió comer el fruto de un árbol que daba la sabiduría. Avo, tentada por un animal reptante llamado Kesi, que era el espíritu del mal, comió el fruto del árbol prohibido e hizo comer a Ado... Warah, entonces, los expulsó del Paraíso...

Caty se estremeció. Era la misma historia que se contaba en la Biblia. ¿Sería posible que en todos los mundos donde habían surgido seres inteligentes se hubiese hecho la misma revelación?

—Otros creían en Hele, el dios que tiene como símbolo el cuarto creciente de nuestra luna Yurah...

—Hele, Alá... Es increíble —musitó Caty.

—Ahora escuchadme —continuó Kareh—. Nuestro

primer objetivo, a partir de este momento, consiste en evitar que nos cacen los pecs... Debemos permanecer ocultos hasta el momento de acceder a la computadora central y a la nave...

—Pero será imposible que no nos descubran... —dijo Saúl.

—Lo intentaremos. No tenemos otra opción. Yo estaré siempre con vosotros; me conozco la ciudad palmo a palmo y...

El waroh dejó de hablar en seco. Por los pasillos de la ciudad, por los subterráneos, las encrucijadas y los huertos, se había comenzado a escuchar el sonido lastimero de una alarma general que llegaba hasta los más escondidos rincones de Garah. A la vez, una voz metálica y grave resonó en todas partes:

> LOCALIZACIÓN DIRECTA INMEDIATA DE LOS CUATRO WAROHS TERRESTRES Y DEL WAROH MINHAITA LLAMADO KAREH. SE ENCUENTRAN FUERA DE CONTROL. NEUTRALIZACIÓN INMEDIATA EN GRADO TRES.

—¿Qué significa neutralización en grado tres? —preguntó Saúl.

—Pérdida profunda del conocimiento.

—¿Y qué hacemos?

—De momento, permaneceremos aquí. Creo que este lugar es el último que revisarán. Es un rincón en desuso olvidado por todos... Pero, al fin, también vendrán... Mientras eso ocurre, tenemos que trazar un plan... ¡Ah! Os quiero hacer una advertencia: todo el poder de un pec reside en su pulsera y en las marcas de color de sus dedos... Las dos cosas están en el mismo brazo. El izquierdo.

7

La gran nave

MIENTRAS la alarma seguía sonando y se escuchaban por los altavoces las consignas para capturar a nuestros amigos, Kareh desapareció por una estrecha ranura abierta en una pared del cuchitril.

—¿Dónde vas? —dijo Saúl.

—Ahora lo veréis.

Durante diez minutos, los terrícolas escucharon extraños ruidos de metales al otro lado de aquella ranura. Parecía como si Kareh estuviese revolviendo en un depósito de chatarra. Cuando apareció de nuevo, volvía con la cara y las ropas manchadas y traía en la mano cuatro gruesas barras de metal. Medirían un metro de longitud aproximadamente.

—Tomad una cada uno. No nos servirán de mucho, pero pueden ser una buena defensa en un momento de apuro...

Saúl cogió la suya. Pesaba bastante y un golpe dado

con aquella arma podía hacer mucho daño. Pero, ¿podría dañar a un pec?

Kareh contestó.

—Si golpeamos a un pec con estas barras en el brazo izquierdo, es casi seguro que el sistema que controla la pulsera y las marcas de las yemas quedará averiado...

—Mamá —dijo Abel—, ¿y qué haremos con Pilón y con Gato?

—Vendrán con nosotros —contestó Kareh—. Ellos no han sido marcados por los pecs y son ilocalizables. Tendremos que cogerlos en brazos cuando nos traslademos de un lugar a otro instantáneamente...

—Mediante este sistema de transporte será muy difícil que los pecs nos cacen —dijo Yurukov—. Basta con desaparecer cuando ellos surjan a nuestro lado...

—Eso no va a ser tan fácil... Existen tácticas para acosar a fugitivos que pueden usar ese sistema de desplazamiento.

—Bien —siguió Yurukov—, creo que lo primero que deberíamos hacer es ir a visitar la nave en que llegasteis a la ciudad submarina. Si va a ser en ella donde intentemos salir de aquí, tengo que conocerla...

—Así es —dijo Kareh—. Pero hay un problema. Necesitamos una pulsera más para realizar el traslado instantáneo. Tenemos cuatro y somos cinco...

Todos le miraron con gesto interrogativo. El waroh meditó durante unos momentos y luego dijo en tono misterioso:

—Sólo existe una posibilidad para hacernos con otra pulsera... Esperadme aquí.

—¿Qué vas a hacer? —interrogó Saúl.

Pero Kareh ya había desaparecido de la vista de nuestros amigos.

Unas fracciones de segundo después, el oceanita se hallaba en uno de los módulos ovales donde los terrestres habían sido depurados poco antes de ir a visitar a Uno. En aquellos módulos sólo cabía un individuo y los pecs no dejarían de ir a rastrearlos enseguida. Sólo podía entrar uno de ellos.

Kareh, apenas se encontró en el recinto oval, se tumbó en el suelo fingiendo estar muerto o desmayado. Y esperó.

Cuando sólo habían pasado unos instantes, oyó cómo irrumpían en la sala de los módulos varios pecs que se pusieron a buscar por todas partes. Agarró entonces la barra de metal con todas sus fuerzas y tensó los músculos. Segundos después, un alto pec con el penacho cabelludo de color amarillo intenso, apareció en la puerta del módulo, y se detuvo en seco al descubrir al waroh tumbado en el suelo. Como le vio caído e inerme, dudó tan sólo unas fracciones de segundo. El tiempo suficiente para que, como una terrible catapulta, la barra metálica de Kareh cortase el aire para estrellarse con violencia contra el brazo izquierdo del oceanita. Se oyó un chasquido seco y el brazo del pec pareció troncharse. Enseguida, el robot verde dio la sensación de haber perdido toda capacidad de acción. Se quedó en pie, inmóvil, mientras en la cinta de su frente parpadeaban vertigino-

samente miles de lucecitas. Kareh le arrancó la pulsera con toda rapidez y, casi simultáneamente, accionó la que llevaba puesta.

Todo sucedió en unos segundos, pero lo cierto es que de nuevo se hallaba en el escondite oxidado con nuestros amigos.

—¿Qué has hecho? —preguntaron todos con asombro al verle aparecer con una pulsera.

—Ya os lo contaré... Bien, según Yurukov, lo primero que tenemos que hacer es ir a visitar nuestra vieja nave...

—Pero, ¿será posible? ¿No estará esa zona llena de pecs que nos busquen? —dijo Saúl.

—No lo sé... Mirad, la nave está guardada desde hace doscientos años en un antiguo hangar medio olvidado... En sus paredes, muy altas, hay adosadas diez pequeñas cabinas previstas para dirigir las operaciones de despegue y aterrizaje... Iremos a una de esas cabinas, desde donde podremos observar todo el hangar sin ser descubiertos. Estoy seguro de que en ellas no habrá nadie. ¿Preparados? —preguntó, mientras le devolvía a Abel su pulsera.

—Preparados.

Abel cogió en brazos a Gato, que permanecía desactivado, y Caty a Pilón.

—¡Atención! —dijo Kareh—. Uno, dos, tres... ¡Ya!

Los cuatro tocaron sus pulseras. Sintieron una ligera sacudida y, en décimas de segundo, se encontraron en un lugar completamente distinto. Estaban ahora en una pequeña habitación, de unos cuatro metros por cuatro, llena de aparatos y a oscuras. Quedaba iluminada desde fuera por la luz que penetraba a través de una vidriera rectangular. Kareh les hizo señas para que se asomasen por ella con cuidado.

Lo que vieron les dejó completamente asombrados. Estaba a unos quince metros de altura sobre el suelo de un gigantesco hangar iluminado intensamente. En el centro del mismo, inmóvil, como un ser cansado y viejo, los terrestres contemplaron una nave de dimensiones colosales. Quizá tuviese quinientos metros de largo por otros tantos de ancho y era de color negro, con una forma extraña que recordaba la de un cangrejo de mar sin patas ni pinzas.

—¡Es fabuloso! —exclamó Yurukov.

—Pero, mirad... —dijo Kareh.

Sí, todos lo habían visto ya. Formando un círculo en torno al fantástico vehículo había allí unos treinta pecs que, al parecer, montaban guardia esperando la aparición de los terrestres.

—No podremos acercarnos —dijo Yurukov.

—¿Y si saltásemos directamente al interior de la nave? ¿Se darían cuenta? —preguntó Saúl.

—Estoy seguro de que sí...

Caty, que había estado callada todo el tiempo, absorta en desconocidos pensamientos, dijo de pronto:

—Tengo una idea, Kareh... Nos has dicho que la inteligencia de los pecs es absolutamente lógica...

—Sí, de una lógica que difícilmente podemos alcanzar nosotros.

—¿Qué ocurriría si le dijésemos a los pecs algo ilógico, algo absurdo?

—No lo sé...

—¿Podría hablarles desde aquí?

Kareh le mostró una placa rosácea que fosforescía en un panel lleno de botones y clavijas.

—Bien, voy a probar una cosa. Si no da resultado, saltaremos rápidamente a nuestro escondite herrumbroso.

—¿Qué vas a hacer? —dijo Saúl, alarmado, intentando detenerla.

Pero Caty ya estaba hablando. Su voz resonó con tonalidad metálica en todo el inmenso hangar.

—Os habla un mudo. Los warohs que buscáis están y no están a la vez en el hangar de la gran nave. Soy una terrícola y soy un pec al mismo tiempo y, a causa de eso, el agua del océano no es agua, sino café con leche...

Entonces ocurrió algo que no podía creer. Allá abajo, vieron cómo las luces de las cintas plateadas de los pecs empezaban a parpadear con verdadera locura. Distinguían destellos de todos los colores, mientras los oceanitas, con los ojos cerrados, permanecían inmóviles. Luego abrieron los ojos y comenzaron a zigzaguear sin rumbo fijo, a la vez que iban desapareciendo uno a uno del hangar, Dios sabe hacia dónde.

—¡Increíble! —exclamó Kareh.

—¡Asombroso! —dijo Saúl.

—¡No es posible! —rugió Yurukov.

—¡Eres estupenda, mami! —terminó Abel.

—Tus palabras ilógicas no han podido ser asimiladas por los centros de control de sus cerebros, completamente lógicos. La nave está sin guardianes. Hay que aprovechar la ocasión. ¡Vamos a ella de cabeza! —exclamó Kareh.

Accionaron sus pulseras y enseguida se encontraron en la enorme sala de mandos del vehículo espacial.

Yurukov se lanzó de inmediato hacia los aparatos que tenía más próximos... Su rostro se ensombreció.

—No podré llevarla... Desconozco este sistema.

—La nave es completamente automática —dijo Kareh—. La conozco bastante bien porque estuve trabajando en su diseño. Mira...

El waroh tecleó sobre un panel y aparecieron en el aire cinco pantallas que no parecían tener ningún soporte material. Siguió tecleando y las pantallas se llenaron de datos, gráficos y planos.

—Es un diagrama de su funcionamiento... Se indican las operaciones necesarias para ponerla en marcha...

Yurukov miró las pantallas completamente concentrado. Todos los signos eran desconocidos para él.

—No entiendo nada...

Kareh permaneció callado unos momentos, con expresión preocupada.

—Bueno, hay warohs que sabrían hacerla arrancar... Eso es lo que importa... Después, sobre la marcha, sé de alguien que podrá descifrarte los datos del diagrama...

Yurukov, de pronto, miró hacia todas partes con gesto interrogativo y extrañado.

—Pero, ¿cómo es que las cosas funcionan? La nave está parada desde hace doscientos años y no ha habido ninguna dificultad para encender las pantallas...

—Funcionará todo —dijo Kareh—. Los materiales de la nave son inalterables por espacio de milenios. Y no necesita otra energía que la luz...

—¿La luz?

—En efecto, basta la más débil fuente luminosa exterior para que pueda ponerse en movimiento. Pero, una vez en marcha, la propia nave genera su luz en caso necesario. Puede navegar por lugares en completa oscuridad...

—¡Eh! ¡Mirad! —gritó de pronto Abel—. ¡Ahí fuera!

Un pec había aparecido en el hangar. Inmediatamente surgió otro y, luego, cinco más.

—¡Volvamos a la cabina! ¡Rápido! —ordenó Kareh.

En menos de un segundo estuvieron de nuevo en la habitación oscura adosada al muro del recinto.

Sin pararse a pensar ni un minuto, Caty se dirigió de nuevo a la placa rosada por donde había hablado anteriormente.

—Dos más dos son ocho y el ocho es un pedazo de

chocolate con almendras. Por el cielo de mi país vuelan los pecs y un pec no es otra cosa que un elefante convertido en tarta de nata... Jui, jui, jui... Tac, tac, tac... Pschuc, pschuc...

Esperaron la reacción de los pecs y no pudo ser peor. Todos se volvieron de pronto hacia el muro de las cabinas y miraron fijamente el reducto donde se escondían. Dieron un paso adelante...

—¡Desaparezcamos! ¡A nuestro cubil de siempre! —gritó Kareh.

Y, rápidamente, todos tocaron sus pulseras.

—¿Por qué no se han vuelto locos como antes? —preguntó Caty, ya en el estrecho agujero de metal sucio y oxidado donde se refugiaban desde el principio.

—Los pecs son unas máquinas extraordinarias —respondió Kareh—. Jamás podremos confundirlos de nuevo con frases absurdas. La computadora ha debido analizar tus palabras ilógicas y ha descubierto su lógica... Todo lo que dijésemos sin sentido a partir de ahora, sería desechado por las mentes de los pecs y sólo se fijarían en otras cosas, como la procedencia de la voz, su frecuencia...

—Tengo hambre —se oyó la voz de Abel al fondo del agujero.

—¡Y yo! —exclamó Yurukov.

Kareh dirigió su mirada hacia ellos y permaneció pensando unos instantes. Después, sin más explicaciones, dijo:

—Ahora vuelvo —a la vez que desaparecía instantáneamente.

Al cabo de quince minutos estuvo allí de nuevo, con tal cantidad de ramas de árbol a cuestas que nuestros amigos se encontraron en su angosto escondrijo como sumergidos entre el follaje de una selva...

Después, buscando entre las ramas, Kareh fue recogiendo distintos frutos.

—Tomad; he ido a los huertos. No hay pecs por allí, pero han debido estar... Os traigo lines, gaucas y fojes, los frutos más alimenticios que cultivamos... Comamos. Con esto estaremos bien nutridos...

Cuando terminaron de comer, Abel bostezó.

—Tengo sueño...

—Podemos descansar un poco —dijo Kareh—. Nos turnaremos en la vigilancia...

Nuestros amigos descansaron durante cinco horas sin que ocurriese ninguna novedad en su escondite. Al despertar, Saúl estaba más preocupado que antes.

—Nunca podremos salir de aquí. Será imposible... No veo la forma de llegar hasta la computadora central para programar la destrucción del océano... Ni de poner la nave en marcha...

—Sí, hay una posibilidad —dijo Kareh—. Y en ella confío.

Todos le miraron interrogativos.

—Escuchad; no puedo explicaros las causas técnicas que lo producen; es complicado y quizá no lo entenderíais, pero cada doce horas de vuestros relojes, sucede que, durante treinta segundos, todos los pecs quedan desactivados... Se debe a un mínimo defecto de construcción en la computadora central, que sólo advertimos cuando ya estaba instalada... Todos nuestros planes de actuación deben basarse en esos treinta segundos de inactividad que sufren los pecs cada doce horas...

—¡Tan sólo treinta segundos...! —murmuró Saúl—. Bien, dijimos que haríamos un plan...

—Lo tengo casi trazado en mi cabeza —respondió Kareh—, pero creo que antes de hablar sobre él, debemos visitar la computadora central. Hay que comprobar cómo está de vigilada...

—Estará muy vigilada, eso es seguro —dijo Saúl—. Si aparecemos por allí, nos cogerán...

—Conozco un lugar donde ocultarnos. Veremos sin ser vistos... Caty, Abel y Pilón que se queden aquí...

—¡Eso nunca! —cortó impetuosa Caty—. Si nos ocurre algo, que sea a todos.

El resto de los terrícolas parecían estar conformes con esta opinión.

—De acuerdo —dijo Kareh—. ¿Preparados?

8

El gran cerebro

TRAS accionar las pulseras, los cinco fugitivos aparecieron en un lugar fantástico. Estaban dentro de un gran tubo vertical de dimensiones colosales. Habían aterrizado en una estrecha plataforma situada en su interior. Mirando hacia abajo, veían como un pozo de unos veinte metros de profundidad y, mirando hacia arriba, el tubo se perdía en las tinieblas de las alturas sin que pudiese distinguirse su fin. Las paredes, metálicas y brillantes, tenían el tono dorado del cobre.

—Mirad hacia abajo —dijo Kareh.

Al fondo del tubo se veía parte de una sala circular cuyas paredes y techo eran dorados. Resplandecían intensamente. En aquella sala sólo había una cosa: sobre el centro geométrico de la misma se alzaba un prisma triangular perfecto de un metro y medio de altura aproximadamente. Era azulado, de un bellísimo material traslúcido que desprendía una misteriosa luminosidad. Desde la altura en que estaban no se distinguían con claridad toda una serie de líneas geométricas entrecruzadas, puntos y manchas de color que llenaban las cuatro caras de aquel monolito.

—Es la computadora —dijo Kareh.

—¡Qué maravilla! —exclamó Caty, fascinada—. Parece una piedra preciosa...

—Se trata de algo completamente desconocido para mí —respondió Saúl...

—Lo sé —afirmó Kareh.

Pero lo peor no era que Saúl desconociese por completo aquella computadora que gobernaba a toda la ciudad sumergida: alrededor de la misma, formados en tres círculos concéntricos, se veían a más de treinta pecs que hacían guardia totalmente inmóviles.

—¡Dios mío, Dios mío! —gimió entonces Caty—. Nuestros deseos son ilusiones... Nunca podremos salir de aquí...

—¿Tú sabes manejar esa computadora, Kareh? —preguntó Saúl.

—No.

—Entonces, ¿cómo podremos programar la explosión y todo lo demás?

—Hay un waroh entre nosotros que puede hacerlo... Es uno de los ingenieros que la construyó.

Todos le miraron con la esperanza dibujada en los ojos.

—Volvamos a nuestro escondite —dijo Kareh—. Es el momento de exponeros mi plan.

Poco después, estaban en el seguro agujero de la antigua zona de ventilación.

—Mirad, ahora tengo que regresar al sector de los warohs para darle mi pulsera a Kilas, mi compañero que conoce el funcionamiento de la computadora. Él vendrá con vosotros para sustituirme a vuestro lado...

—Pero, ¿y tú? Los pecs te descubrirán apenas salgas de aquí...

—Los pecs no nos distinguen bien a simple vista. Es lo que nos pasaba a nosotros con nuestros dinos y lo que supongo os ocurre a vosotros con vuestros perros... Los pecs nos identifican por nuestra marca...

—¿Qué marca? —preguntó Caty.

Entonces, Kareh se descorrió la ancha blusa que cubría su torso y mostró un hombro desnudo. En él se veían unas inscripciones geométricas de tono violáceo hechas mediante algún procedimiento no mecánico.

—Esta es nuestra marca... Los pecs tienen que verla para identificarnos con seguridad... Yo creo que ya habrán hecho una identificación de todos los warohs y no la repetirán hasta dentro de unas horas... Iré a nuestro sector y le daré la pulsera a Kilas... Tenemos que arriesgarnos...

—No lo consentiré... No te puedes poner en peligro de forma tan clara... —dijo Saúl.

—Lo voy a hacer, queráis o no.

La decisión de Kareh parecía tan firme, que ninguno le contradijo.

—¿Y después? —preguntó Saúl.

—Escuchad...

Y, a partir de aquel momento, Kareh expuso a los terrícolas un minucioso plan de acción en el que resultaba decisiva una precisión horaria calibrada al segundo. Se sirvió de su dedo índice para anotar horas y datos en las paredes grasientas de aquel escondrijo. Todo estaba supeditado a los treinta segundos en que los pecs permanecían inactivos cada doce horas. Por eso debían ser completamente precisos en la medida del tiempo.

—Poned todos vuestros relojes a la misma hora —dijo Kareh—. Nos guiaremos por ellos.

—Ahora son las 7.15 PM en punto —informó Saúl.

Después, los terrestres sincronizaron sus cronómetros.

—Me voy... Estoy seguro de que volveremos a vernos en la nave...

El plan de Kareh incluía también salvar a los trescientos warohs que vivían en la ciudad sumergida.

Todos abrazaron al oceanita en el momento de partir.

—Que tengas mucha suerte —dijo Saúl—. Si no nos volvemos a ver, adiós para siempre. Te recordaremos toda la vida, si es que conseguimos salvarnos.

Kareh accionó su pulsera y apareció en un módulo

de aseo del sector de los warohs, donde nadie podía verle. Era la hora en que sus compañeros iban y venían por las cocinas preparando las comidas.

Asomó la cabeza por la puerta del módulo. Parecía que la actividad era allí normal. No se veía a ningún pec. Se aproximaba un waroh joven hacia el módulo, y Kareh, dejándose ver apenas, le llamó con un gesto, mientras le hacía señas para que no hablase. El chico le miró asombrado.

—Ven, pasa —le dijo Kareh.

Cuando el muchacho estuvo dentro, le preguntó enseguida:

—¿No hay pecs vigilando?

—Sí, hay muchos afuera, rodeando nuestro sector. No podemos salir de él. Nos tienen encerrados aquí desde que desaparecisteis tú y los terrestres...

—¿Os han identificado?

—Sí, a todos. Lo hacen cada tres horas... Hace unos minutos que han terminado una ronda...

—Está bien. Busca a Kilas y dile que venga aquí; pero hazlo sin que nadie se dé cuenta...

El chico desapareció y Kareh aguardó solo en el módulo de aseo. Diez minutos después, aparecía Kilas. Era un waroh que aparentaba unos cincuenta años terrestres, también con aspecto de latino. Nada más ver a Kareh, le abrazó y comenzó a hacerle preguntas sobre su desaparición y la de los terrestres, presa de una gran agitación. Cuando terminó de explicarle la situación, Kareh se quitó la pulsera y se la entregó a su compañero.

—Toma. Póntela. Tienes que ayudar a los terrestres para que todos escapemos de aquí. Tú conoces la computadora... No hay tiempo que perder; ellos te explicarán el plan... Vete al sector Zelda-14-PD; allí están esperándote.

—Pero, ¿y tú?

—Yo intentaré pasar inadvertido hasta que todos vayamos a la nave, si es que lo conseguimos. Dame tus ropas.

Las ropas de Kilas eran de color verde, como correspondía a un recolector de frutos y verduras. Mientras que las de Kareh eran azules, el uniforme de los que trabajaban en la confección de vestidos. Se intercambiaron los atuendos en unos instantes y Kareh le entregó su barra de metal.

—Quizás pueda hacerte falta...

—Adiós, hasta siempre.

—O hasta nunca.

—Será hasta siempre —dijo el optimista Kilas que, tras accionar su pulsera, desapareció del módulo de aseo.

Apenas ocurrió esto, Kareh salió de su escondite y, mezclándose con los demás warohs, se dirigió hacia los huertos. Todos los que se cruzaban con él le reconocían enseguida, pero nadie hizo ningún gesto que delatase su sorpresa ni dijo nada.

Cuando Kilas apareció en el escondite donde esperaban los terrestres, éstos le miraron de arriba abajo. Era un individuo alto y fuerte, con la nariz larga y recta. Tenía aspecto de sabio.

—Perdone —dijo Saúl, sin aguardar un segundo—, pero tenemos que hacer desaparecer inmediatamente la marca azul de su oreja.

Con la colaboración de Pilón, el borrado se realizó en unos instantes. Después, Saúl preguntó:

—Usted era científico en Minha, ¿no es así?

—Sí. Participé en el proyecto de la computadora central... Veremos si me acuerdo de algo... Pero, por favor, lo primero de todo expónganme el plan que han elaborado con Kareh...

Cuando Saúl iba a comenzar a hablar, quedó paralizado. La voz de la computadora central había comenzado a oírse por toda la ciudad sumergida...

LOCALIZADA REACCIÓN EPSLIOM EN SECTOR ABANDONADO ZELDA-14-PD. DIRÍJANSE ALLÍ GUARDIANES DE LA ZONA...

Mientras la computadora repetía de nuevo las instrucciones, Caty preguntó alarmada:

—¿Qué significa eso?

—Han localizado la reacción química de sus respiraciones... —respondió Kilas con expresión contrariada—. Hay que marcharse inmediatamente de aquí.

—Pero, ¿dónde? —dijo aterrada Caty.

—A las compuertas del sector de almacenamiento de pescado, por donde entran los peces desde el océano... —respondió Kilas, tras pensar durante unos segundos.

Casi simultáneamente, accionó las pulseras de todos.

Se encontraron en un lugar completamente oscuro. Notaban que estaban en un sitio alargado y muy estrecho, donde sus cuerpos se presionaban unos contra otros. Hacía un calor agobiante y se respiraba con dificultad.

—¿Dónde estamos? —preguntó Abel.

—Nos encontramos en un tubo de desagüe de las compuertas receptoras de peces... De momento, hasta que la computadora no localice vuestra respiración de nuevo, es imposible que aquí nos encuentren... Dentro de unas tres horas esto se llenará de agua, pero, para entonces, ya nos habremos ido... Ahora expónganme su plan de acción, aunque sea en estas condiciones tan lamentables...

En medio de aquellas tinieblas, Saúl explicó las acciones sucesivas que debían llevar a cabo, indicando en cada caso los horarios precisos. Kilas decía continuamente «siga», como dando a entender que todo lo retenía en su memoria. En primer lugar había que aguardar a la hora en que los pecs quedarían desactivados durante treinta segundos, a fin de trasladarse a la computadora central. Allí se programarían tres cosas:

1.º La máxima aceleración de la ciudad y su océano para las 9.50 AM inmediatas.

2.º La explosión de la ciudad submarina para tres horas después; es decir, a las 12.50 PM.

3.º Cierto bloqueo de la propia computadora para que no facilitase a los pecs información alguna sobre estos hechos.

—Tenemos que saber la hora exacta y no es posible con esta oscuridad —dijo Caty, muy nerviosa.

En aquel momento, una tenue claridad azulada iluminó el estrecho reducto donde se hallaban. Procedía de la pulsera de Kilas. Los terrícolas miraron a un tiempo sus relojes.

—Son las 9.00 AM. Por tanto, faltan exactamente veinte minutos para que todos los pecs dejen de funcionar durante treinta segundos... —dijo Saúl.

—¿Le dará tiempo para realizar en treinta segundos todas las operaciones necesarias en la computadora? —preguntó Yurukov.

—Si fuese hace tiempo, sí... Ahora, no lo sé... Déjenme que recuerde... Yo trabajé en ella hace doscientos quince años aproximadamente... Veamos...

Y Kilas permaneció en silencio unos instantes, como si tratase de reconstruir en su memoria olvidados planos, datos y detalles del gran ordenador...

—Los pecs la habrán mejorado... —dijo de pronto Abel, que había permanecido mucho tiempo callado—. A lo peor han cambiado cosas...

—¡Eh! —exclamó Yurukov en la oscuridad— ¿Es eso posible?

—No, no es posible —dijo Kilas—. Los pecs tienen inteligencia lógica en grado cuatro y la computadora la tiene en grado cinco. Un pec nunca podrá entender su estructura funcional... Para ellos, la computadora central es un ser al que consideran superior porque no pueden comprenderle...

—¡Es extraordinario! —susurró Saúl.

—Pero, ¿cómo es posible que ustedes hayan creado un aparato que tiene una inteligencia lógica superior a la suya? —interrogó Abel, y a todos les pareció una magnífica pregunta.

—No es superior. Es sólo más rápida. Problemas lógicos o matemáticos que nosotros tardaríamos en resolver tal vez siglos, ella los soluciona en décimas de segundo... Una máquina creada por nosotros no puede ser superior a nosotros...

—Entonces, ¿por qué les han vencido los pecs? —preguntó de nuevo Abel y, otra vez, a todos les pareció una pregunta estupenda.

—Por eso, porque su inteligencia es más rápida y, además, porque físicamente son más fuertes.

Con preguntas y respuestas parecidas, llegó el momento en que faltaban sólo dos minutos para que todos los pecs de la ciudad quedasen desactivados. Saúl dijo:

—Le acompañaremos todos. Mientras usted manipula la computadora, nosotros, con nuestras barras, intentaremos destruir el brazo izquierdo de los treinta pecs que la custodian...

—Muy bien. Prepárense. Tenemos que partir en el momento exacto para aprovechar totalmente el tiempo.

Kilas les indicó dónde debían tocar sus pulseras para aparecer en el recinto de la computadora y, cuando apenas faltaba un segundo para las 9.20, dio la orden de traslado.

Los sucesos se precipitaron entonces de forma vertiginosa. Aparecieron en la cámara dorada de la computadora y, mientras Kilas se abalanzaba sobre el prisma azulado, Caty, Yurukov y Saúl comenzaron a golpear con todas sus fuerzas el brazo izquierdo de cuantos pecs encontraban delante.

El espectáculo era impresionante. Los oceanitas de color verde permanecían de pie, inmóviles, con los ojos cerrados y su cinta de plata apagada, como extraños fantasmas de dos metros que hubiesen perdido la vida instantáneamente. Uno tenía la mano a la altura de la frente, otro sobre el pecho... Se habían quedado detenidos en medio de un movimiento, y así, quietos, eran más impresionantes que cuando estaban llenos de vida. Pilón les ladraba escandalosamente, excitado y con miedo al mismo tiempo.

El recinto de la computadora tenía una extraña atmósfera. Se diría que la piel escocía suavemente en aquella sala y su luz dorada parecía ser más fría que la del resto de la ciudad.

Mientras Kilas manipulaba la computadora con movimientos nerviosos, Caty, Yurukov y Saúl golpeaban sin parar los brazos de los pecs, que se derrumbaban al suelo con un inquietante ruido, medio humano, medio metálico. La misión de Abel consistía en tener informado a Kilas sobre los segundos que restaban...

—Veinte, diecinueve, dieciocho...

—¡Maldición! —exclamó de pronto el waroh—. No lo consigo... No recuerdo cómo se bloquea la información para que la computadora no advierta a los pecs...

Sudaba a chorros, mientras sus dedos palpaban nerviosamente una de las caras del prisma.

—Quince, catorce, trece, doce...

Los terrestres, mientras tanto, derrochando energías feroces, seguían derribando pecs.

—¡Sólo faltan diez gigantones! —bramó Yurukov.

—No puedo... —seguía diciendo para sí mismo Kilas.

—Diez, nueve, ocho, siete...

—Creo... ¡Creo que lo tengo! —exclamó de pronto el waroh—. Pero me falta tiempo... Unos segundos más...

—¡Sigue! —ordenó Saúl, al tiempo que su barra de metal se estrellaba contra el brazo del último pec en pie.

—Tres, dos, uno, cero.

Abel finalizó la cuenta. Kilas no había terminado sus operaciones.

—¡Sigue! —repitió Abel—. Todos estos pecs están destrozados. No hay nada que temer...

Diez segundos más tarde, empapado en sudor, Kilas terminaba.

—¡Huyamos! —gritó—. Los pecs deben estar a punto de detectar la destrucción de los guardianes...

—¿Adónde vamos? —preguntó Saúl.

Kilas se aproximó a ellos y accionó sus pulseras. Aparecieron en su primitivo escondrijo, el de las viejas galerías de ventilación abandonadas.

—¿Cómo? ¿Aquí otra vez? ¡Los pecs habían localizado este lugar! —exclamó Saúl.

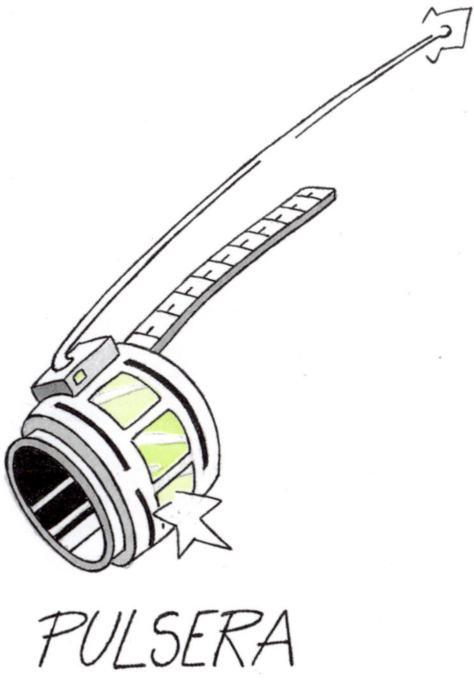

9

Últimos momentos

—ES el momento de demostrar que nuestra mente es superior a la de los pecs —dijo Kilas, contestando a Saúl—. Ellos habrán venido a buscarnos en este escondite y, al comprobar que no estábamos, habrán deducido que no volveríamos más a él.

—¿Por qué? —preguntó Abel, muy interesado.

—Primero habrán pensado que, después de estar escondidos en otro sitio, tendríamos la idea de regresar aquí cuando ellos hubieran revisado este lugar. Pero también habrán pensado que nosotros calcularíamos que ellos harían un segundo reconocimiento de este refugio y no volveríamos. Por eso han decidido no volver. Pero luego han pensado que nosotros hemos pensado lo mismo que ellos, deduciendo que no volverían. Y que, por tanto, regresaríamos. Pero han decidido no volver, ya que han pensado que a nosotros nos parecería todo eso un cálculo demasiado sencillo para unos seres tan inteligentes como ellos y no volveríamos realmente...

—¿Y si han seguido pensando?

—No —dijo Kilas—. Ellos habrán pensado que nosotros no podemos pensar tanto.

—Todo eso está muy bien —intervino Saúl—, pero ¿y si regresan verdaderamente?

—Tenemos que arriesgarnos.

Los terrícolas permanecían sentados en el suelo, con aspecto de estar muy cansados, más que por los esfuerzos que hubieran hecho, debido a la tensión nerviosa y a lo poco que habían dormido desde que llegaron a la ciudad submarina. Kilas volvió a hablar.

—La próxima etapa del plan que habéis elaborado con Kareh es decisiva... Y, como ya os habrá dicho él, encierra un peligro extremado... Todos podemos perecer...

—Se trata del ataque directo a Uno —dijo Saúl.

—Eso es... Tenemos que lograr programarle para que transmita a todos los pecs la reacción CED.

—¿Reacción CED? —dijo Caty.

—¿No os ha hablado de eso Kareh?

—No. ¿De qué se trata?

—Del tiempo...

Los terrestres le miraron sorprendidos y esperaron a que siguiera hablando.

—Mirad, cuando dotamos a nuestros robots de inteligencia cuatro, dispusimos para ellos una programación especial que, en ciertas ocasiones, les permitía disponer de un tiempo *distinto al nuestro...*

Los terrícolas le escuchaban con toda atención.

—Podemos hacer que un minuto nuestro sea para ellos como una hora. Y al revés. Que mientras transcurre una hora para nosotros, para ellos sólo pase un minuto...

—No lo entiendo —dijo Abel.

—Sí; hacemos que el tiempo sea para ellos más largo o más corto que el nuestro... Eso permitía, por ejemplo, que los pecs abordasen trabajos urgentes que requerían muchas horas en un tiempo sesenta veces menor...

Todos estaban asombrados.

—Nosotros aún no hemos podido manipular el tiempo —dijo Saúl—. Un antiguo sabio terrestre, llamado Albert Einstein, dijo que la elasticidad del tiempo era posible, pero siempre en combinación con la velocidad...

—Nosotros hemos logrado producir ese efecto en estado de reposo...

Hubo unos momentos de silencio.

—Se trata —siguió Kilas—, de que Uno programe a todos los pecs para que, cuando llegue el momento en que permanecen desactivados durante treinta segundos, esos treinta segundos suyos sean treinta minutos nuestros. Es decir, para nosotros los pecs permanecerán inertes durante media hora, pero para ellos sólo habrán pasado treinta segundos. Es la única posibilidad que tenemos para salir de aquí... Contaremos con poco tiempo, pero yo creo que suficiente para llevar a todos los warohs hasta la nave y despegar con ella...

Abel escuchaba fascinado las palabras del waroh en la semioscuridad del húmedo refugio.

—¿Y por qué no ha programado eso también en la computadora central? ¿Es que sólo lo puede hacer Uno? —preguntó Caty.

—Lo pueden hacer la computadora y Uno, indistintamente. Pero la reacción CED no es compatible con las programaciones que ya habíamos hecho en ella...

Hubo unos momentos de silencio.

—Si os parece, vamos a repasar cuál es el cometido de cada uno en esta aventura —dijo Saúl.

La operación era, en realidad, sencilla y todo dependía de que se realizase a la hora exacta y en el segundo preciso.

—Ahora deberemos permanecer aquí once horas y media, hasta las 9.19 AM —dijo Kilas—. Podéis aprovechar ese tiempo para dormir. Yo vigilaré. Estoy algo cansado, pero no tengo sueño.

Apenas se tumbaron, nuestros amigos quedaron profundamente dormidos. Todos tuvieron sueños muy extraños, en los que se mezclaban viejas imágenes de la Tierra y amenazantes monstruos de color verde que eran parecidos a los pecs. Les parecía que habían dormido muy poco tiempo cuando Kilas les despertó.

—Es la hora...

La operación más peligrosa del plan estaba a punto de ejecutarse. Kilas observó el segundero del reloj de Abel, que se había puesto él. Les indicó a todos cómo debían manipular sus pulseras y, segundos después, cuando la aguja marcaba las 9. 19. 50, exclamó:

—¡Ahora!

Los terrestres surgieron en un extremo de la gran sala donde permanecía Uno, pegados a la pared curva. Y Kilas justamente al lado del oceanita. Simultáneamente a la aparición, el waroh aporreó con todas sus fuerzas el brazo de Uno mediante la barra metálica. Se oyó un chasquido seco y la extremidad del robot pareció quebrarse. Sus guardias no tuvieron tiempo de reaccionar. Se quedaron clavados en el suelo presas de una vibración trepidante que les recorría todo el cuerpo. Estaban desconexionados de su jefe y sin capacidad para tomar decisiones inmediatas. Las luces de las cintas plateadas permanecían todas encendidas, sin parpadear. Kilas comenzó a manipular la pulsera de Uno sin pérdida de tiempo.

—Tengo sólo siete segundos para conseguirlo —dijo nervioso—. Cuando pase ese tiempo, la computadora central dará órdenes directas a los pecs y creará un nuevo Uno.

—Pero cuando pasen diez segundos todos quedarán desactivados —dijo Saúl.

—Justo por eso tengo que conseguirlo en siete, para que Uno disponga de tres segundos para ordenar la reacción CED...

Las gotas de sudor resbalaban por la frente de Kilas, que tocaba con dedos rapidísimos la pulsera del oceanita.

—¡Ya está! —exclamó al fin.

Se vio entonces cómo la cinta plateada de la frente de Uno comenzaba a parpadear de forma diferente. En lugar de puntos luminosos, aparecían líneas horizontales intermitentes en toda la gama del color verde. Los pecs dejaron de vibrar y miraron a los terrestres...

Pero, en ese instante, el segundero del reloj de Kilas marcaba las 9.20 AM, el momento en que todos los oceanitas verdes quedaban paralizados.

—¡Lo conseguimos! —gritó Kilas saltando de alegría.

Todos se abrazaron en medio de la sala, cuyo techo ascendía formando espirales cada vez más pequeñas. Uno y sus guardianes parecían observarles como extraños espectros inanimados.

—¡Contamos con treinta minutos y no hay tiempo que perder! ¡Vamos al sector de los warohs! —dijo Kilas.

El minhaíta tocó las pulseras de los terrícolas y la suya propia...

Pero nadie se movió de la sala de Uno. Repitió la operación hasta cinco veces, cada vez más excitado.

—¡No nos movemos! —exclamó Abel.

El rostro de Kilas se ensombreció...

—Las pulseras se han desactivado... Desconozco la causa.

—Quizás tiene algo que ver con la reacción CED...

—¡Pues corramos! —espoleó Caty.

Y, al conjuro de aquella exclamación, todos emprendieron la carrera detrás de Kilas.

—Tardaremos diez preciosos minutos en llegar al sector waroh —dijo el oceanita sin dejar de correr.

Abel había activado de nuevo a Gato y Caty soltó a Pilón. Atravesaron grandes avenidas vacías por cuyos techos abovedados se veía el agua oscura del océano. Por todas partes se encontraban con pecs inmóviles, como seres vivientes que hubiesen perecido en una catástrofe instantánea. Cada vez que Gato tenía que cruzar frente a uno de ellos, hacía una gran curva para no pasar por sus proximidades, mientras emitía un agudo pitido de susto. Pilón les ladraba.

Al llegar al sector de los warohs, comprobaron que los pecs habían aislado el recinto herméticamente mediante barreras de energía. Era una precaución que siempre tomaban durante su período de inmovilidad para evitar que nadie escapara. Kilas se acercó rápidamente a una placa de color plateado que destacaba en una pared y la tocó. Inmediatamente se desvaneció la barrera de energía.

En el interior del sector waroh se sabía que era la hora en que los pecs permanecían inertes. Todo el mundo hablaba libremente y reinaba un gran griterío. Al ver aparecer a Kilas y los terrestres, les miraron asombrados y se hizo un gran silencio de pronto. Entre los trescientos warohs avanzó el anciano que parecía su jefe. A su lado iba Kareh. Kilas, de un salto, se subió a una especie de repisa que había a su lado.

—¡Hermanos! ¡Estamos libres! Hemos conseguido programar en los pecs un estrechamiento de tiempo y contamos con veinte minutos para llegar hasta nuestra vieja nave y escapar de aquí...

Tras unos segundos de asombro e incredulidad, los warohs lanzaron un grito unánime de júbilo. Muchos comenzaron a hacer preguntas.

—¡No hagáis preguntas! ¡Todo está previsto! No tenemos tiempo que perder... ¡Corramos a la nave! Os lo explicaremos todo después.

Una algarabía ensordecedora se extendió por toda la sala. Y, aunque lo natural en aquel momento es que se hubiera producido un gran tumulto y taponamientos en las dos únicas puertas de salida, los terrestres vieron admirados cómo los warohs abandonaban su sector a gran velocidad, pero con absoluto orden.

Muchos niños habían rodeado a Abel y hacían un corro en torno a Pilón y Gato, que parecían no extrañar la naturaleza de los pequeños warohs. De modo que, cuando todo el mundo corrió hacia la nave, Abel iba escoltado por veinte o treinta chicos de su edad que le observaban con admiración. Pilón lanzaba ladridos de alegría y los pitidos de Gato tenían ahora un tono humorístico.

A la cabeza de la carrera iban Kilas, Kareh y los terrestres.

—¿A qué distancia estamos de la nave? —preguntó Saúl sin dejar de correr.

—A diez minutos de carrera —respondió Kilas.

—¡Maldición! —exclamó Yurukov—. ¡Sólo nos quedarán otros diez para poner la nave en marcha!

—Si conociera su funcionamiento, el despegue sería instantáneo —añadió Kilas—. Le ayudarán varios warohs que trabajaron en su construcción... ¡Hay que lograrlo!

Los warohs irrumpieron en la nave entre exclamaciones de gozo y recuerdos llenos de nostalgias.

—¡Hace doscientos años que no pisábamos este lugar! Demos gracias a Dios por haber regresado a nuestro hogar... —dijo el anciano jefe de los oceanitas, mientras se arrodillaba en el suelo.

Todos le imitaron, menos tres warohs que, junto a Yurukov, se habían puesto a manipular de inmediato los mandos de la nave.

Las mismas pantallas que activase Kareh, habían aparecido en el aire, y los tres warohs, antiguos ingenieros y constructores de la nave, trataban de descifrar para Yurukov los signos que aparecían en ella. La actividad de estos oceanitas era febril. Miraban a las pantallas, luego se iban al cuadro de mandos, volvían a las pantallas, mientras hablaban entre sí sin parar y se comunicaban mediante signos con Yurukov.

—Faltan cinco minutos— dijo Kilas, completamente nervioso.

El resto de los warohs se habían diseminado por la inmensa nave. Los adultos la recorrían reconociendo antiguos lugares donde estuvieron hacía dos siglos y, los más pequeños, los que habían nacido en la ciudad flotante, lo miraban todo con asombro y no dejaban de hacer preguntas. Sus padres les habían hablado de aquella nave en muchas ocasiones, diciéndoles siempre que algún día volverían a ella.

Pero cuando sólo faltaban tres minutos para las 12.50, las conversaciones se fueron apagando y se hizo un gran silencio. Todos los warohs se habían ido acercando a la sala de mandos con el corazón encogido. Miraban fijamente a Yurukov y sus tres ayudantes que, inclinados sobre los instrumentos de navegación, hablaban sin parar e incluso discutían. Yurukov estaba rojo y sudaba. Cuando faltaba un solo minuto para que el tiempo de inactividad de los pecs terminase, el comandante ruso se sentó frente a los mandos de la nave.

—Lo importante es arrancar... Luego seguiremos explicándole todo lo demás...—le dijo Kilas por señas.

Saúl se asomó por una amplia cristalera a través de la cual se veía el hangar. Más de treinta pecs inmóviles parecían aguardar los treinta segundos que restaban para entrar de nuevo en actividad.

—¿Qué pueden hacernos? —preguntó con gestos a Kareh.

—Pueden inmovilizar la nave instantáneamente mediante la radiación de su mano izquierda —contestó el waroh por el mismo procedimiento.

Yurukov presionó un botón amarillo del cuadro de mandos, tocó una mancha azul de un panel y corrió un pivote verde hacia la izquierda. La nave no se movió. Faltaban cinco segundos. Miró acongojado al waroh que tenía junto a sí y éste le hizo un gesto rápido señalando otro botón, rojo, situado a su derecha.

El tiempo se había cumplido. Simultáneamente ocurrieron dos cosas: los treinta pecs se activaron de pronto y Yurukov tocó el botón rojo. Eran exactamente las 12.50 PM.

Cuando los pecs iniciaban el gesto de orientar sus manos hacia la nave para inmovilizarla, una violentísima onda expansiva procedente del vehículo les lanzó contra las paredes del hangar.

La inmensa nave acababa de arrancar con un estampido ensordecedor. Un cegador relámpago iluminó el recinto. Las compuertas se habían abierto automáticamente y todos vieron enseguida, a través de los ventanales, cómo la nave se deslizaba a velocidad vertiginosa por el seno de las aguas. Era como una flecha submarina que surcase el océano a 10.000 kilómetros por hora.

Casi inmediatamente, sintieron una abrupta sacudida que hizo cabecear al vehículo durante unos instantes.

—El océano acaba de ser acelerado al máximo por la computadora —dijo Kilas.

Entre espumas y violentos remolinos de agua, la nave surgió de pronto en el espacio adquiriendo enseguida la velocidad de 50.000 kilómetros a la hora. Los mismos que desarrollaba la esfera flotante alejándose de ella como una exhalación. La separación entre ambos cuerpos se producía, pues, a 100.000 kilómetros por hora.

Todos los warohs se agrupaban abrazados frente a

los grandes ventanales con expresión sobrecogida y lágrimas en los ojos. El majestuoso espectáculo del cosmos, lleno de millones de astros y planetas, les recibía otra vez después de doscientos años de esclavitud en el seno de un océano errante.

10

Sorpresas hasta el último momento

SABIENDO que, finalmente, todos estaban a salvo, los warohs se separaron al unísono de los grandes ventanales y comenzaron a abrazarse unos a otros, a lanzar gritos de alegría y dar gracias a su dios Warah. Algunos iniciaron viejas canciones minhaítas que todos siguieron a coro, e incluso los más animados bailaron antiguos aires del lejano planeta. Después se dispersaron por la nave, recorriendo lugares casi olvidados, que los mayores mostraban a los jóvenes y a los niños.

Mientras, en la sala de mandos, continuaba una actividad febril. Los tres warohs que ayudaban a Yurukov seguían descifrando para el comandante los secretos de la nave. Pero ahora de un modo mucho menos incómodo. Las pulseras que aún llevaban en sus muñecas los terrestres y Kilas se habían activado de nuevo.

—¡Funcionan otra vez! —exclamó Saúl.

—Con la lejanía del océano, se han eliminado las causas que las habían desactivado, supongo —dijo Kilas—. Dadles vuestras pulseras a los ayudantes de Yurukov...

Luego, él mismo se quitó la suya e hizo lo mismo.

Cuando había transcurrido una hora, Yurukov, por fin, empezaba a dominar la dirección de la gran nave.

—Bien —dijo el piloto ruso—, ahora lo importante es poner rumbo a la Tierra. ¿Dónde nos encontramos exactamente?

No dio tiempo a que nadie le contestara.

BUENOS DÍAS. NOS ENCONTRAMOS A MITAD DEL CAMINO ENTRE MARTE Y LA TIERRA, A VEINTICINCO MILLONES DE KILÓMETROS DE NUESTRO HOGAR...

Todos quedaron inmovilizados, a la vez que se miraban con asombro. Aquella voz había surgido por los amplificadores de la nave y sus palabras eran pronunciadas en latín.

Un escalofrío recorrió el cuerpo de los terrícolas.

—¡Es nuestra computadora! ¡La de la *Stella Matutina!* —gritó de pronto Abel—. Reconozco su voz...

Y rápidamente, se lanzó hacia los ventanales que rodeaban la sala de mandos y miró a través de ellos. Caty y Saúl le siguieron. Desde aquel lado no veían más que el inmenso cielo negro. Abel corrió al costado opuesto.

—¡Venid! ¡Mirad aquí!

Caty y Saúl corrieron junto a Abel. Sí, allí estaba. La cámara indestructible en que se había convertido la computadora de la *Stella Matutina* en los momentos que precedieron a la destrucción de la nave, navegaba junto al inmenso vehículo minhaíta. Tenía forma de tronco de cono y hacía parpadear continuamente dos luces, una amarilla y otra verde.

—¡Se salvó! —dijo Saúl.

—Estaba diseñada para ello —continuó Caty.

—¿Nos acompañará hasta la Tierra? —preguntó Abel.

—Así es —le respondió su padre.

Volvió a oírse la voz.

DISPONIBLE INFORMACIÓN COMPLETA SOBRE SITUACIÓN. PREGUNTEN LO QUE DESEEN...

La computadora volante indicó la frecuencia en que debían comunicarse con ella y facilitó las informaciones principales que deseaban saber: el rumbo exacto para llegar a la Tierra y el tiempo que se prolongaría el viaje: sólo veinte días a la velocidad de cincuenta mil kilómetros por hora.

Abel miró a sus padres con ojos incrédulos.

—¿Sólo faltan veinte días para llegar a la Tierra?

—Así es, muchachito —respondió Caty, a la vez que le abrazaba con todas sus fuerzas—. Conocerás a mucha gente que te quiere aunque no la hayas visto nunca; a tus abuelos, a...

Pero las palabras de Caty quedaron interrumpidas bruscamente por la voz de la computadora, que los terrestres veían al otro lado de los ventanales, tan sólo a unos diez metros de distancia.

ALERTA PARA TODOS. DETECTADA PRESENCIA EXTRAÑA EN SU NAVE. NO TERRESTRE. NO WAROH. POSIBLE PELIGRO. RASTREO INMEDIATO...

El gesto de la tripulación se ensombreció en fracciones de segundo. Caty miró a Saúl, a Yurukov y, luego, todos miraron a Kilas.

—¿Una presencia extraña entre nosotros? —dijo, atónito, el oceanita.

—¿Qué puede ser? —preguntó Abel.

El waroh, sin esperar más, se aproximó a una placa de tono verdoso situada en el cuadro de mandos.

—Atención, minhaítas; atención: ha sido descubierta una presencia extraña en la nave. Organizad un rastreo minucioso por toda ella. Tomad precauciones...

—No hace falta que busquen...

Se había oído una voz que surgía de un rincón en penumbra. Todos miraron hacia allí y dieron un paso atrás. Una figura en sombras se recortaba en un hueco que hacía la pared. Era muy alta. Avanzó hasta quedar plenamente iluminada.

—¡Un pec! —exclamó Kilas, con el terror dibujado en su rostro.

Al oír aquella exclamación, penetraron en la sala muchos warohs con expresión atemorizada. Nada más ver al oceanita intruso hicieron un movimiento de retroceso.

Se trataba de un pec femenino, con su cráneo afeitado, su cinta plateada y la pulsera en la muñeca izquierda. Avanzó hasta el centro de la sala con paso tranquilo, sin hacer ningún gesto que infundiese temor. Allí permaneció quieta.

—Pero, ¿cómo es posible...? —murmuró Saúl.

Un waroh situado a espaldas del pec femenino, había cogido una sólida herramienta de metal con todo sigilo y, de pronto, blandiéndola en el aire, se abalanzó sobre ella.

—¡Quieto! —gritó Kilas.

El waroh detuvo en el aire el arma metálica que iba a descargar sobre la temible aparición.

Abel, mientras, desde que apareció la pec, se había quedado mirándola fijamente, concentrando toda su atención en el rostro de la oceanita, a la vez que se acercaba a ella despacio.

—¡Abel! —gritó Caty— ¡Ven aquí!

Pero el chico siguió avanzando. De pronto, se detuvo frente a ella, la siguió mirando unos instantes y exclamó:

—¡Es Tea! La pec que nos recibió en la ciudad submarina...

—¿Tea? —exclamaron a la vez Caty y Saúl.

—Sí, la he reconocido por la señal de su mejilla, por esa rayita... —dijo Abel, señalando al rostro de la oceanita—. Ningún otro pec la tenía. ¿No es usted Tea? —le preguntó directamente.

Ella le observó en silencio y cerró los ojos. Luego dijo:

—No soy Tea...

Todos la miraron interrogantes.

—Ella no sabe que es Tea... Es un nombre que le pusimos nosotros —aclaró Caty.

La pec siguió hablando.

—Pero sí soy quien os recibió en la nave. Abel tiene razón.

—¿Y qué hace usted aquí? ¿Cómo ha llegado...? —preguntó Saúl.

Las luces de la cinta plateada de Tea oscilaron vivamente. Cerró los ojos unos momentos antes de seguir hablando. Poco a poco, se habían ido congregando warohs a su alrededor y la observaban entre admirados y temerosos.

—He desactivado todas mis reacciones de agresión. Estoy indefensa ante vosotros... Yo no soy como los demás pecs...

—¿Qué quiere decir? —interrogó Saúl.

—Desde hace un tiempo que no puedo recordar, algunas de mis reacciones han sido distintas a las de mis compañeros... No me es posible explicar en qué consisten... Pero, por ejemplo, los warohs me gustaban, su forma de relacionarse, sus abrazos, sus risas... Me atraían mucho los warohs pequeños, los niños... La reacción que vosotros llamáis cariño, amor o amistad, empecé a sentirla en secreto desde épocas muy lejanas... Pero siempre tuve que ocultarla... Apenas llegaron los terrestres a la ciudad sumergida, los pecs detectaron estas reacciones... Para ellos eran errores de mi conducta.

Mientras Tea hablaba, Kilas, destacándose del grupo de warohs en que se encontraba, había ido avanzando hacia ella con la emoción dibujada en sus facciones. La oceanita siguió:

—Supe de forma fortuita que Uno había decretado mi neutralización y traslado final al océano... Mis reacciones diferentes eran peligrosas para la población pec... Fue cuando me escondí en esta nave...

Calló unos momentos. Luego dijo:

—Quiero ir con vosotros a la Tierra.

Kilas se había acercado a Tea hasta poder tocarla. Aproximó los ojos a su cara y observó una ligera señal que apenas se distinguía en su mejilla, como una línea de color azulado.

—¡Lo había conseguido! —dijo para sí—. ¡Yo tenía razón!

—¿Qué ocurre? —preguntó Saúl.

Tras permanecer unos instantes en silencio, Kilas dijo:

—Cuando se proyectó y construyó a los pecs, yo estaba seguro de que se trataba de unos seres tan semejantes a los warohs que sería posible programarles determinado grado de sensibilidad... Había hecho profundos estudios sobre este tema y muchos experimentos con robots de desecho... Pero nadie quiso oírme... Al crearse este pec, le introduje en secreto una unidad de programación sensible que sólo conozco yo... Tea, como vosotros la llamáis, fue creada poco antes de la catástrofe nuclear. Mi idea era seguir paso a paso sus reacciones... Pero eso fue imposible desde que los pecs tomaron el poder... No volví a verla... ¡Qué alegría! ¡Qué extraordinario!

Abel se adelantó.

—¡Yo quiero que se venga con nosotros a la Tierra! La verdad es que siempre me cayó muy bien... ¿Te gusta...? Digo, ¿le gusta a usted el nombre que le hemos puesto?

La oceanita le miró a los ojos.

—Me gusta... Sí tutear.

Y después, sin decir nada, avanzó lentamente su mano derecha, muy despacio, como si tuviese miedo o le diese vergüenza, hasta acariciar suavemente los rojizos cabellos de Abel. Todos vieron conmovidos cómo sus ojos parecían empañarse por las lágrimas.

A las 3.49 PM, la población waroh, los terrestres y Tea, se agolpaban expectantes frente a un costado del inmenso vehículo, mirando a un mismo punto del horizonte a través de los ventanales. El océano galáctico, iluminado por el sol, se veía en el espacio con un tamaño algo menor que la Luna desde la Tierra.

En aquel instante, su separación de la nave alcanzaba los trescientos mil kilómetros. Los cronómetros marcaban las 12.50 PM en punto. Una gigantesca bola de fuego blanca surgió en el espacio, cegadora. El océano galáctico y su ciudad sumergida finalizaban su camino errante por el espacio. Ningún waroh lanzó un solo grito de triunfo y la seriedad más profunda se marcaba en el rostro de Kilas. Desaparecía un peligro para los humanos, pero se había desintegrado, en unas fracciones de segundo, el colosal trabajo de miles de científicos, técnicos y especialistas que pusieron en aquella obra todo su esfuerzo y unos conocimientos acumulados durante siglos.

Cinco días antes del aterrizaje sobre la Tierra, seis naves europeas salieron a recibir al gran vehículo minhaíta y le dieron escolta durante el resto del viaje. Saúl, Caty y Yurukov intercambiaron saludos y bromas con sus tripulantes. Los terrestres estaban al tanto de todo lo sucedido por las informaciones que les había transmitido la computadora de la *Stella Matutina.* Les comunicaron a nuestros amigos que el pánico había hecho presa de los científicos, los políticos y los militares cuando se supo que un inmenso océano flotante iba a colisionar con nuestro planeta. Y, aunque trataron de mantener oculta esta amenaza, la noticia llegó hasta la población y una ola de terror se extendió por todo el globo.

Mientras la nave con forma de cangrejo se aproximaba a la Tierra, desde el momento en que fue posible distinguir desde ella la forma de los continentes y los océanos, un suceso increíble se fue produciendo día a día. Los warohs, apretujados frente a los ventanales, señalaban con gestos de asombro la superficie del planeta que iba a acogerles.

—¡Mirad! ¡Es Wulah! ¡Ahí está el mar de Koh!

—¡La cordillera de Leh!

—¡El río Zemmah!

Al principio, los terrestres no comprendían nada. Luego hicieron un descubrimiento pasmoso: los warohs estaban llegando a un planeta que era exactamente igual al suyo, hasta en los más mínimos detalles. La computadora de la *Stella Matutina* transmitió cientos de mapas terrestres a las pantallas de la nave y, sobre ellos, Kilas y sus compañeros fueron identificando los accidentes geográficos de su propio planeta. África era lo que ellos llamaban Wulah, la cordillera Leh era el Himalaya, el río Zemmah era el Amazonas...

—Pero, ¿es posible? —decía sin parar Caty.

—Dos mundos, alejados miles de millones de kilómetros, han evolucionado de forma exacta... —afirmó, incrédulo, Saúl.

—Warah, el gran Dios, lo ha hecho —intervino el anciano jefe minhaíta, señalando con su dedo índice hacia las alturas.

* * *

El recibimiento, en París, de nuestros amigos y los trescientos warohs fue un suceso extraordinario que la televisión transmitió hasta el último rincón de los cinco continentes.

Los oceanitas se integraron entre la población terrestre con toda naturalidad y Tea fue como una hija o como una hermana para Saúl y Caty, que se compraron su soñada casa en Toledo. La bella pec estudió con extraordinaria brillantez en la Universidad de Roma, la más importante de la época, y luego pasó a trabajar en el Centro Europeo de Investigaciones Espaciales con sede en Amsterdam. Allí ocupó un lugar destacado en el Proyecto Iris, cuya misión no era otra que diseñar y construir el ordenador más inteligente de la historia.

Fin

Taller
de lectura

altamar

El Océano Galáctico

I. La novela: esta novela

1. Técnicas en la novela

La novela es un género literario cuyas raíces se encuentran en épocas muy lejanas. En ella se usan muchas técnicas que habitualmente utilizamos las personas para expresarnos: la narración, la descripción y el diálogo. Hay que suponer que reconoces perfectamente esos procedimientos, aunque a veces se encuentran muy mezclados. Infórmate si no lo sabes.

1.1. Divide en **narración, descripción** y **diálogo** las dos primeras páginas del libro.

....

....

1.2. Señala los tiempos verbales que encuentres en la narración y la descripción. Te darás cuenta de que no son siempre los mismos y, en adelante, te servirán de ayuda para distinguir lo narrativo de lo descriptivo.

....

....

1.3. Describe cómo imaginas tú a los personajes principales de este relato: Abel, Saúl, Caty, Yurukov...

....

....

....

1.4. Algunos de los personajes pertenecen a otros mundos y tienen, por tanto, características que difieren de las humanas. Inventa un personaje de otra galaxia y *descríbelo.*

....

....

....

1.5. Narra una historia con ese mismo personaje de protagonista y *entabla con él un diálogo* en el que ambos mostréis vuestra sorpresa por la diferencia de vuestros aspectos personales.

....

....

....

2. Otras novelas

Antes hemos hablado de la antigüedad de la novela. Procura informarte de cuándo nació como género literario. Es posible que tengas dificultades en conseguirlo, pero, con certeza, te resultará más sencillo contestar las preguntas que te proponemos.

2.1. ¿Serás capaz de citar alguna novela famosa? Seguro que sí. Piensa cuál es la novela española más importante y conocida.

....

....

....

2.2. *El Océano Galáctico* es una novela que se puede clasificar como de *ciencia ficción,* entre muchos otros tipos de novelas que puede haber. ¿Cómo definirías tú este género por lo que has leído?

....

....

....

2.3. ¿Qué otras novelas de ciencia ficción conoces?

....

....

....

2.4. *El ambiente* y *los personajes* son siempre importantes en todo tipo de novela, aunque en muchas destacan más los personajes que el ambiente, o al revés. ¿Qué piensas que tiene más importancia en *El Océano Galáctico?* Razónalo.

....

....

2.5. ¿Crees que el mundo en que viven Abel, Saúl, Caty y Yurukov es tan diferente al nuestro? Busca las *diferencias* y los *parecidos,* si los hay, y explícalos.

....

....

....

3. Los puntos de interés

En todo sobresale siempre un momento que suscita más nuestro interés. En general, ese momento es buscado deliberadamente por el autor, que conoce el tipo de lector al que dirige su obra y desea que se sienta intrigado por lo que va a suceder a continuación.

3.1. ¿Cuál crees tú que es ese momento? Explícalo.

....

....

3.2. ¿Con qué parte del libro coincide? ¿Con el principio, con el medio o con el final?

....

3.3. Dependiendo de lo que hayas contestado, estarás en condiciones de elaborar una teoría sobre los puntos de interés en una novela:

a) El principio coincide con ....
b) La mitad coincide con ....
c) El final coincide con ....

3.4. ¿Podrías relacionar esta teoría con alguna otra novela que hayas leído? ¿Con cuál? ¿Por qué?

....

....

3.5. *El Océano Galáctico* desemboca en un final feliz. Pero, hasta ese momento, los personajes, como se dice ahora, «lo tienen crudo». ¿Qué factores piensas que ayudan más a ese final: *el tiempo, los warohs* o *la astucia y pericia de los protagonistas?* Razona tu respuesta.

....

....

3.6. Imagínate y relata otro final si hubieran fallado esos factores. ¿Qué hubiera sucedido a nuestros personajes?

....

....

II. El tema y los valores humanos

Por pocos relatos que hayas leído —¡ojalá sean muchos!— te habrás podido dar cuenta de que casi siempre se dan unos comportamientos positivos —*valores*— y otros negativos —*contravalores*—. En los cuentos y novelas que siguen una línea tradicional suele ser así. Piensa, por ejemplo, en cuentos tan conocidos como *Caperucita roja* y *Cenicienta*. En ellos, ciertos personajes encarnan los *contravalores* y quieren impedir que la felicidad y el bien lleguen a otros personajes que ostentan los *valores* de signo positivo.

1. Valores y contravalores

1.1. ¿Puede *El Océano Galáctico* encuadrarse entre este tipo de relatos tradicionales, a pesar de ser de ciencia ficción? Explícalo.

....

....

....

....

1.2. ¿Quiénes encarnan los contravalores?

....

....

1.3. Señala con un número de mayor a menor los *valores* que crees tú que se dan en este relato:

amistad	astucia	solidaridad
amor	compañerismo	trabajo
libertad	lucha por la vida	colaboración
ingenio	prudencia	amor filial
reciedumbre	obediencia	amor paternal
celebridad	bondad	perseverancia

1.4. Enumera los *contravalores* que puedes encontrar en el libro.

....

1.5. ¿Hay algún personaje cuya actuación podríamos calificar de *ambigua* del principio al final? ¿A qué se debe su actitud?

....

....

1.6. Puesto que has reflexionado sobre el comportamiento de unos y otros, estás en disposición de contar el argumento del libro.

....

....

....

....

III. *El Océano Galáctico* y el mundo del espacio

En nuestro siglo se siente un interés inmenso por averiguar qué puede existir en otros lugares del espacio hasta ahora desconocidos o poco conocidos por nosotros. Eso ha dado lugar a viajes espaciales en que los países más potentes rivalizan en llegar cada vez más lejos en sus investigaciones. Ese interés es lo que ha revalorizado la novela de ciencia ficción.

1. El especial espacio de la literatura y otros espacios

1.1. Infórmate de *qué países son potencias mundiales en el espacio* y cómo se denominan *los proyectos espaciales* realizados últimamente.

1.2. ¿En qué consiste el proyecto espacial que realizan nuestros amigos del libro?

....

1.3. Refresca tus conocimientos de Ciencias Sociales y explica qué son los planetas, los asteroides y las galaxias.

....

....

....

1.4. ¿Qué *características* y *composición* tiene el *océano galáctico* con que se encuentran nuestros amigos?

....

....

1.5. En el libro se habla de campos gravitatorios. ¿Qué es eso de la gravitación?

....

....

1.6. El *Stella Matutina* puede alcanzar una velocidad increíble. Anótala.

....

1.7. Pero la gran nave de los warohs alcanza mayor velocidad. ¿Cuál es?

....

2. La energía y sus efectos

2.1. Casi al final, la computadora del *Stella Matutina* les informa de que les separan veinticinco millones de kilómetros de la Tierra, que a la velocidad que van suponen veinte días de viaje. Si alcanzara una velocidad de 100 000 kilómetros por hora, ¿cuántos días tardarían en llegar?

....

2.2. Kareh habla de una clase de *energía* que mueve su gran nave. ¿Cuál es? ¿Cómo podrías definir la energía? ¿Qué *clases de energía* conoces?

....

2.3. Hay ciertos sectores de la sociedad —los llamados *ecologistas*— que consideran peligrosa la utilización de alguna de estas fuentes de energía. ¿A cuál crees que se refieren?

....

3. El conocimiento del tiempo

Habrás observado que en este relato tiene una gran importancia el tiempo. Se habla de él con relación al término de los viajes, al nacimiento de Abel... Pero cobra mayor importancia aún al final, donde la peculiar organización temporal permite a nuestros personajes escapar de un destino poco feliz.

3.1. Explica en qué consiste esa organización temporal.

3.2. Se nombra al gran sabio Albert Einstein. ¿Quién fue? Busca datos de su biografía.

....

....

3.3. Einstein elaboró una teoría revolucionaria, la de la *relatividad.* Intenta averiguar en qué consiste.

4. El papel de las computadoras

El Océano Galáctico concede un lugar de consideración a las computadoras, porque tienen un importante papel en el desarrollo del viaje espacial que llevan a cabo nuestros amigos, y también en su huida de la trampa en que han caído.

4.1. ¿Podrías describir cuáles son las posibilidades que ofrecen las computadoras en este relato?

....

4.2. Algunos personajes son computadoras de forma más o menos humana. ¿Qué son capaces de hacer?

....

4.3. ¿De qué no son capaces?

....

4.4. ¿Crees que alguna vez pueden sustituir o dominar al hombre? ¿Por qué?

....

....

4.5. ¿Las consideras capaces de tener imaginación, fantasía, amor...?

....

5. La lógica «inhumana» de las máquinas

Las *máquinas* se regulan por unas reglas a veces muy intrincadas y difíciles que, no obstante, tienen su lógica. Por eso, en un ordenador, si los conoces, hay que seguir los procedimientos que marca el programa. Saltárselos puede suponer que el cerebro electrónico se vuelva loco y no consigamos nada de lo que queríamos. En *El Océano Galáctico* se alude al comportamiento *extremadamente lógico* de los *pecs:* están programados para la lógica.

5.1. ¿Cómo logra burlarlos Caty?

....

5.2. ¿Por qué no consigue engañarlos otra vez?

....

6. Un espacio gráfico para la imaginación

El relato te proporciona datos suficientes para que puedas imaginar no sólo a los personajes vivos, sino también el mundo donde se mueven y desarrollan sus aventuras.

6.1. Elabora un cómic con viñetas. Que cada uno de tus amigos o compañeros lo haga por su cuenta y establecéis un concurso con premio incluido.

IV. *El Océano Galáctico y la sociedad*

Uno de los primeros datos que nos choca en esta obra es que se alude a que la organización del viaje en que sorprende la aventura a Saúl, Caty, Yurukov... corre a cargo del Gobierno de Europa, cuya sede averiguamos al final que está en Amsterdam. Nos sorprende, porque actualmente los Gobiernos de cada país funcionan por su cuenta.

1. ¿La Europa del futuro?

1.1. ¿Piensas que existe en este momento alguna *organización* parecida que *agrupe* los *países de Europa?*

....

1.2. ¿En qué consisten las *ventajas* de esa agrupación?

....

....

....

1.3. ¿Dónde está su *sede?*

....

2. Sociedades extraterrestres

La organización social dentro de este relato está claramente establecida. Unos actúan de amos, y otros, de servidores.

2.1. ¿Quiénes son los unos y quiénes los otros?

....

2.2. Se dice de los warohs, al hacer su descripción, que ofrecen un aspecto a medio camino entre batutsi y japonés. ¿Quiénes son los *batutsi?* ¿Qué rasgos poseen?

....

2.3. El lugar donde viven warohs y pecs posee todos los rasgos de una sociedad, distinta sin duda a la nuestra, pero perfectamente distribuida, donde todos los aspectos organizativos quedan reflejados. Y, sin embargo, su ciudad parece muerta. ¿Por qué da esa impresión de quietud y muerte?

....

2.4. La organización no sería tal si no dispusiera de justicia. Ellos no la llaman así y habría mucho que decir sobre si es verdadera justicia, pero los pecs administran castigos a los warohs. ¿Cómo los llaman? ¿Cuándo es la primera vez que usan esos castigos?

....

2.5. ¿Crees que eso es *justicia?* Razona la respuesta.

....

2.6. ¿Qué te parecen las técnicas de los pecs para el seguimiento de sus ciudadanos?

....

2.7. El lugar donde viven warohs y pecs posee cuanto se puede echar de menos en una ciudad. Compara lo que tiene su ciudad con lo que posee el lugar donde tú vives.

....

3. La sociedad waroh

Los warohs se parecen en muchas cosas a los humanos. Quizá por eso se sabe mucho más de ellos que de los pecs. Por tanto, podrás contestar las siguientes preguntas en tu cuaderno:

3.1. ¿Qué comen? ¿Es tan diferente de lo que comemos nosotros?

3.2. ¿Qué oficios tienen? ¿Se diferencian de alguna manera según su oficio?

3.3. Un aspecto más de su definición como sociedad lo constituye *la religión,* al parecer bastante importante en sus vidas. ¿Cuándo se percibe esa importancia y por qué?

4. Los warohs y los animales

Al llegar aquí, o puede que antes, habrás comprendido que la sociedad waroh y la humana difieren en bien poco. Lo puedes comprobar incluso en algo tan poco importante como los muebles. No nos vamos a detener en ese aspecto, que podríamos considerar accesorio. En cambio, puede que merezca la pena reparar en algo como los *animales domésticos.*

4.1. Para nosotros lo son los perros, entre otros. ¿Cómo se llaman los perros de los warohs?

....

4.2. ¿Se podría decir que los pecs tienen también sus animales domésticos? ¿Cómo explicarías eso?

....

4.3. Habrás oído decir que *el perro* es el *mejor amigo del hombre.* Aquí podríamos completar esta afirmación diciendo que lo es también de los warohs. ¿Por qué crees que se puede añadir eso?

....

....

4.4. Pilón es el perro de Abel. ¿De qué raza es? ¿Qué características tiene esa raza? Búscalo en alguna enciclopedia.

....

V. *El Océano Galáctico y la lengua*

En otro momento hemos clasificado este relato como de ciencia ficción. Eso, como tú sabes, determina el uso de ciertas palabras especiales que, generalmente, sólo se emplearán dentro de ese campo, aunque pueden pasar a otros o incluso a la lengua común. Todas las ciencias y profesiones cuentan con esas palabras específicas a las que se llama *tecnicismos.*

1. El lenguaje y la técnica

1.1. No son muchos los tecnicismos con que contamos aquí. Pero sí lo son *amerizaje, holograma* y *oceanita.*

Busca el significado de esas tres palabras.

amerizaje: ....

....

holograma: ....

....

oceanita: ....

....

....

1.2. Habrás observado, por su definición, que *amerizaje* y *oceanita* son, respectivamente, *derivados* de mar y de océano.

Las siguientes palabras escogidas del primer capítulo, ¿de qué otras derivan?

interminables	circular
corredor	galáctico
vidriera	colisionar
voluminoso	verdosa

2. Comprensión y expresión

En general, no habrás tenido dificultades para comprender el contenido de este relato. Su vocabulario no es complicado y, en todo caso, cuentas con el diccionario o con el contexto. Muchas palabras se pueden comprender a través de aquellas que las acompañan, y a eso se le llama contexto.

2.1. Ahora tú, por el contexto de las frases que inventes, debes hacer comprender el significado de los siguientes adjetivos:

Inerte, inerme, vertiginoso, abrupto, errante, traslúcido, tenue, decisivo, fortuito.

2.2. Puedes hacer el mismo ejercicio con los siguientes verbos. Naturalmente, si no conoces su significado, debes buscarlo antes:

Desactivar, desconexionar, diseminar, cabecear, calibrar, supeditar, colisionar, detectar, manipular.

2.3. Con los verbos y adjetivos de las cuestiones anteriores, algunas palabras que quieras añadir y los sustantivos que te damos a continuación, ¿serás capaz de organizar una historia coherente?

Los sustantivos son: *diámetro, densidad, terrícola, catapulta, hangar, destellos, prisma, plataforma, reducto, sigilo* e *intruso.*

Debes usar todas esas palabras, y para que no resulte una historia ilógica, tienes que conocer muy bien todos los significados. Ten en cuenta que todos esos vocablos han sido usados en *El Océano Galáctico* y, por tanto, su autor los ha relacionado antes. Tú también puedes hacerlo y seguro que sale un relato divertido. (Usa tu cuaderno.)

2.4. Seguramente ya sabes que podemos desdoblar las palabras en dos planos: el *significante,* que es lo que escribimos o bien oímos decir, y el *significado,* que es el objeto o la idea a la que nos referimos. Pero ¿cómo puedes explicar que los warohs llamen a los perros *dinos,* y *Warah* a Dios, entre otras cosas? Observarás que utilizan significantes diferentes para significar lo mismo.

....

....

2.5. Y ya que estamos con los warohs, esos personajes tan parecidos a los humanos, ¿por qué no construyes un relato contando su historia hasta que cayeron en manos de los pecs?

3. Lengua oral-lengua escrita

3.1. Imagina el revuelo que se organizaría al llegar a la Tierra todos los componentes del *Stella Matutina* con los warohs. Piensa que eres un periodista y describe oralmente, como si tuvieras un micrófono, la llegada de todos estos personajes a nuestro mundo. Pon por escrito tus ideas.

3.2. Haz una entrevista a Kilas a su llegada a la Tierra.

3.3. Explica el proceso de adaptación de los warohs a un mundo nuevo para ellos.

....

3.4. Recuerda que Abel tampoco conocía la Tierra, ni a sus abuelos, ni tenía otros amigos que Gato y Pilón. Relata los primeros descubrimientos de Abel. Puedes elegir entre los siguientes temas:

Abel y sus abuelos.
Abel y la fauna (caballos, vacas, ovejas, etc.).
Abel en la escuela.

3.5. Y, por último, participa en un debate en el que defiendas una de estas dos ideas:

a) La ciencia y la técnica son importantísimas para el desarrollo del universo y hacen avanzar al hombre.

b) La ciencia y la técnica destruyen el verdadero desarrollo del universo y no hacen a los hombres mejores.

Índice

Series *de la colección* alta mar

Aventuras

Ciencia Ficción

Cuentos

Humor

Misterio

Novela Histórica

Novela Realista

Poesía

Teatro

1. *Carmen* CONDE. **Despertar** (P)
2. *Montserrat del* AMO. **El abrazo del Nilo** (A)
3. *Fernando* ALMENA. **Los pieles rojas no quieren hacer el indio** (T)
4. *Ángela C.* IONESCU. **«Déjame solo, Joe»** (C)
5. *Gianni* PADOAN. **Concierto de libertad** (NH)
6. *Juan* FARIAS. **Los apuros de un dibujante de historietas** (H)
7. *Carlos* MURCIANO. **La rana mundana** (P)
8. *Juan* MUÑOZ. **Las tres piedras y otros cuentos** (C)
9. *Juana Aurora* MAYORAL. **La cueva de la Luna** (CF)
10. *Sauro* MARIANELLI. **Una historia en la Historia** (NH)
11. *Pilar* MOLINA LLORENTE. **Aura gris** (NH)
12. *Jean* GUILLORÉ. **El viaje de Nicolás** (A)
13. *Samuel* BOLÍN. **Los casos del comisario Antonino** (M)
14. *Ronimund H.* VON BISSING. **La Tierra del Oro Ardiente** (A)
15. *Elvira* MENÉNDEZ. **La máquina maravillosa** (CF)
16. *Jules* ROMAINS. **Knock o El triunfo de la medicina** (T)
17. *Fernando* ALMENA. **Marcelo Crecepelos** (H)
18. *Juan* MUÑOZ. **El feo, el bobo y el malo** (C)
19. *Blanca* GARCÍA-VALDECASAS. **Los chicos de La Maraña** (A)
20. *Gloria* FUERTES. **La poesía no es un cuento** (P)
21. *Juana Aurora* MAYORAL. **Enigma en el Curi-Cancha** (NH)
22. *Alan C.* McLEAN. **El fantasma del valle** (A)
23. *Fernando G.* TEJADA. **Noche de luna con gatos** (T)
24. *Emilio* SANJUÁN. **Simón, Simón** (H)
25. *Jacques* FUTRELLE. **La Máquina Pensante** (M)
26. *José Luis* VELASCO. **El Océano Galáctico** (CF)
27. *Gabriel* JANER MANILA. **Cuentos para los que duermen con un ojo abierto** (C)
28. *Manfred* LIMMROTH. **El pequeño Otto ha desaparecido** (H)
29. *Hilda* PERERA. **Mumú** (A)
30. *Alfredo* GÓMEZ CERDÁ. **Luisón** (C)
31. *Christopher* KNOCK. **Edgar Wallace y el caso Software** (M)
32. *Antonio-Manuel* FABREGAT. **Los cuentos de mi escuela** (C)
33. *Fernando* LALANA. **Edelmiro II y el dragón Gutiérrez** (T)
34. *Avelino* HERNÁNDEZ. **1943** (NH)
35. *François* GOUDET. **Marieta y los vikingos** (M)
36. *Braulio* LLAMERO. **El inspector Tigrili** (H)
37. *Miguel Ángel* MENDO. **Vacaciones en la cocina** (C)
38. *Ángela C.* IONESCU. **El país de las cosas perdidas** (C)
39. *Concha* LÓPEZ NARVÁEZ. **El tiempo y la promesa** (NH)
40. *Mathias* DUNANT. **El monstruo de Jarama** (CF)
41. *Fernando* LALANA *y J. M.ª* ALMÁRCEGUI. **La bomba** (H)
42. *José Francisco* VISO. **Don Caracol Detective** (M)
43. *Fernando* ALMENA. **El cisne negro** (T)
44. *Hazel* TOWNSON. **Los embrollos de Beny** (H)

45. *Alfredo* GÓMEZ CERDÁ. **El laberinto de piedra** (A)
46. *Ángela* C. IONESCU. **Los amigos** (M)
47. *G.* BEYERLEIN *y H.* LORENZ. **El sol no se detiene** (NH)
48. *Lucila* MATAIX. **El calcetín del revés** (C)
49. *Montserrat del* AMO. **¡Siempre toca!** (T)
50. *F.* ALMENA, *M. del* AMO, *J.* FARIAS, *J. M.* GISBERT, *A.* GÓMEZ CERDÁ, *G.* JANER MANILA, *C.* KURTZ, *F.* LALANA, *C.* LÓPEZ NARVÁEZ, *J. A.* MAYORAL, *P.* MOLINA LLORENTE, *J.* MUÑOZ, *C.* MURCIANO, *J. L.* OLAIZOLA *y M.* PUNCEL. **Compañero de sueños** (C)
51. *Enrique* PÁEZ. **Devuélveme el anillo, pelo cepillo** (M)
52. *José* GONZÁLEZ TORICES. **Tengo mucho cuento** (C)
53. *Juana Aurora* MAYORAL. **Lirios de agua para una diosa** (NH)
54. *Esteban* BUÑUEL. **Quiero ser astronauta** (P)
55. *Raúl* JIMÉNEZ. **Aldurabahim** (A)
56. *Carlos* MURCIANO. **Las amapolas se han vuelto blancas de repente** (CF)
57. *Samuel* BOLÍN. **Nuevos casos del comisario Antonino** (M)
58. *Juan* MUÑOZ. **Ciprianus, gladiador romanus** (H)
59. *Achim* BRÖGER. **Mi 24 de diciembre** (H)
60. *Michel* VINAVER. **Las travesuras de Rosalía** (A)
61. *Fernando* ALMENA. **El pavo Facundo** (H)
62. *Concha* LÓPEZ NARVÁEZ *y Carmelo* SALMERÓN. **El parasubidas** (A)
63. *Francisco* DÍAZ GUERRA. **El alfabeto de las 221 puertas** (A)
64. *Eduardo* GALÁN. **La silla voladora** (T)
65. *Alfredo* GÓMEZ CERDÁ. **La gota de lluvia** (C)
66. *Elvira* MENÉNDEZ. **Ése no es mi zoo** (H)
67. *Manuel L.* ALONSO. **Los aventureros** (A)
68. *Braulio* LLAMERO. **El rey Simplón** (H)
69. *Fernando* ALMENA. **El misterio indescifrable** (CF)
70. *M. Dolors* ALIBÉS. **Superfantasmas en un supermercado** (H)
71. *Ana María* ROMERO YEBRA. **La vaca de Dosinda** (P)
72. *Carmen* VÁZQUEZ VIGO. **¡Cumpleaños feliz!** (C)
73. *Mercè* COMPANY. **Los dientes del león** (A)
74. *Hansjörg* MARTIN. **No hay sitio para Tarzán** (H)
75. *Juana Aurora* MAYORAL. **Tres monedas de un penique** (M)
76. *Juan* MUÑOZ. **El diplodoco Carioco** (H)
77. *Consuelo* ARMIJO. **Guiñapo y Pelaplátanos** (T)
78. *Montserrat del* AMO. **Patio de corredor** (NR)
79. *Enrique* PÁEZ. **El Club del Camaleón** (M)
80. *Joan Manuel* GISBERT. **El enigma de la muchacha dormida** (A)
81. *Juan* FARIAS. **La infancia de Martín Piñeiro** (NR)
82. *Charles* VILDRAC. **Las gafas del león** (C)
83. *Javier* REQUERO. **El Príncipe Negro** (A)
84. *Concha* LÓPEZ NARVÁEZ. **La tejedora de la muerte** (M)
85. *Christine* NÖSTLINGER. **Chachi** (A)
86. *Marta* OSORIO. **El pavo real** (C)

87. *José María MENDIOLA.* **El castillo de Lora** (M)
88. *Juan Ignacio HERRERA.* **En la cumbre de un tepuy** (A)
89. *Ángel ESTEBAN.* **Háblame del sol** (C)
90. *Carles CANO.* **¡Te pillé, Caperucita!** (T)
91. *Rafael ESTRADA.* **El comisario Olegario** (M)
92. *Jean-François NORCY.* **Buldo** (A)
93. *Lucila MATAIX.* **Un gigante en el bolsillo** (C)
94. *Elvira MENÉNDEZ.* **MNA** (A)
95. *Eduardo GALÁN.* **¡SOS, salvad al ratoncito Pérez!** (C)
96. *Nina WARNER.* **La luna en el agua** (A)
97. *Trini LEÓN.* **La estirpe del Cóndor Blanco** (A)
98. *Jacqueline CERVON.* **Selim, el vendedor de alegría** (A)
99. *Seve CALLEJA.* **Dos hámsters en una jaula** (C)
100. *Montserrat del AMO.* **El bambú resiste la riada** (NR)
101. *Juan Alfonso GIL ALBORS.* **Patatín, Patatán, Patatón** (T)
102. *José Luis VELASCO.* **24 horas para un rescate** (M)
103. *José ZAFRA.* **Historias de Sergio** (C)
104. *Concha LÓPEZ NARVÁEZ.* **Nieve de julio** (C)
105. *Paul van LOON.* **Sam, la superdetective** (M)
106. *Emilio SANJUÁN.* **Carlos Baza, «Calabaza»** (H)
107. *Carmen MORALES.* **Bigote blanco-Bigote negro** (C)
108. *Elvira MENÉNDEZ.* **Olock-Lolo** (CF)
109. *José Luis OLAIZOLA.* **El cazador urbano** (NR)
110. *Marina SEOANE.* **¿Dónde están mis dibujos?** (C)
111. *Emilio SANJUÁN.* **Las vacaciones de Simón, Simón** (H)
112. *Montserrat del AMO.* **Mao Tiang *Pelos Tiesos*** (C)
113. *Pablo ZAPATA y Juan Luis URMENETA.* **El cocodrilo Juanorro** (A)
114. *Alice VIEIRA.* **Portal 12, 2.° centro** (NR)
115. *Jordi VIVES.* **El coleccionista de estrellas** (A)
116. *Gianni PADOAN.* **La manada del escaramujo** (NR)
117. *José Antonio PEROZO.* **Cuentos mágicos** (C)
118. *Alfredo GÓMEZ CERDÁ.* **Papá y mamá son invisibles** (C)
119. *Enric LLUCH.* **Potosnáguel** (A)
120. *Trini LEÓN.* **Un amigo por un par de tomates** (NR)
121. *Gabriela KESELMAN.* **Papá se casó con una bruja** (C)
122. *Manuel L. ALONSO.* **Arturo ♥ Verónica** (C)
123. *Concha BLANCO.* **¡A mí qué me importa!** (H)
124. *Concha LÓPEZ NARVÁEZ y Carmelo SALMERÓN.* **Tomás es distinto a los demás** (C)
125. *Jordi SIERRA i FABRA.* **Cabello blanco en cabeza peluda** (H)
126. *Kenneth IRELAND.* **La máscara de hombre-lobo** (M)
127. *Joan de Déu PRATS.* **Un safari en el salón** (H)
128. *Rafael ESTRADA.* **La sonrisa del ogro** (M)
129. *Kara MAY.* **Gato, su bruja y el monstruo** (C)
130. *Rafael ESTRADA.* **El tesoro de Caramujo** (C)
131. *Carlos ELSEL.* **Buscando a Tana la orangutana** (A)
132. *Lucila Mataix.* **Papá no quiere ser pingüino** (C)